米山寅太郎・高橋　智　解題

王右丞文集

古典研究會叢書　漢籍之部　32

汲古書院

原本所藏

王右丞文集　　靜嘉堂文庫

第三期　刊行の辭

古典研究會は、影印による叢書漢籍之部第二期の事業として、平成八年春から始めて國寶、南宋黃善夫版刻の史記竝びに後漢書の刊行を圖り、十二年末に至る五年間で、二史計十五卷の刊行を無事完了した。幸いにしてこの第二期の事業も第一期に續いて好評を博し、所期以上の成績を收めることが出來た。これひとえに原本所藏の國立歷史民俗博物館のご好意によることはもちろん、また學界・圖書館界等各方面から絶大なご支援・ご協力を頂いた賜で、まことに感銘に堪えないところである。

ここに第二期の完了に伴い、引き續いて第三期の事業を發企することとなった。すなわち第三期においては、別記のように、王維・李白・韓愈・白居易の唐代、四文人に關する著作六種を、現存最善の宋・元刻本中から選んで影印覆刊することとした。珍藏祕籍の使用を許可された諸機關の盛意に對し、また繁忙の中、解題執筆を賜った諸先生に對し、深甚の謝意を表する。この第三期の事業が第一期・第二期におけると同樣、幅廣いご支援、ご鞭撻を得られるよう願ってやまない。

この影印叢書の制作・發行の事業は、もとより汲古書院によって擔當推進されるが、汲古書院においては、事業開始當初から率先ご盡瘁を頂いて來た坂本健彦氏が平成十一年に社長の職を退かれ、石坂叡志氏がその後を襲がれた。ここに坂本初代社長の永年にわたるご功勞に對し衷心から御禮を申し上げるとともに、石坂第二代社長によってこの事業が立派に繼承され、更に一層の伸張發展が導かれるよう期待するものである。

平成十四年五月一日

古典研究會代表

米山寅太郎

古典研究會叢書　漢籍之部　第三十二卷　目　次

凡例

一、本書は、靜嘉堂文庫所藏宋版『王右丞文集』を影印收錄するものである。
一、影印に當たり、原書をほぼ原寸にて掲載した。
一、版心の不鮮明な箇所が多いため、背丁を各頁の柱に明記した。尙、表丁・裏丁は、各々ａｂで示した。
一、上下各卷末の裏表紙は、掲載を省略した。

王右丞文集

199
2
5 15

此麻沙宋刻王右丞詩文全集十卷道光丙戌歲從
藝芸主人借出影寫一部復編取他本勘其得失雖
宋刻亦有譌而不似以後之妄改究為第一也遂題
數語於帙端餘文繁不具出思適居士顧千里

王右丞文集目録

第一卷

第二卷

應制詩十四首 内十二首奉和聖製

第三卷

第五卷

第八卷

王右丞文集目録終

王右丞文集卷第一

尚書右丞贈秘書監王　維

進集表

臣縉言中使王承華奉宣進止令臣進亡兄故尚書右丞維文章恩命忽臨以驚以喜退因編錄又竊感傷臣兄文詞立身行之餘力當官堅正秉操孤直居要劇不忘清靜實見時輩許以高流至於晚年彌加進道端坐虛室念茲無生乘興爲文未嘗廢業或散朋友之上或流篋笥之中臣近搜求尚慮零落詩筆共成十卷今且隨表奉進曲承
天鑒下　訪遺文魂而有知荷寵光於幽夐而

不朽成大名於聖朝臣不勝感戴悲懽之至謹
奉表以聞臣縉誠惶誠恐頓首頓首謹言
寶應二年正月七日銀青光祿大夫尚書
兵部侍郎兼御史大夫臣縉表上

荅詔

勅卿之伯氏天下文宗位歷先朝名高希代抗
行周雅長揖楚詞調六氣於終篇正五音於
逸韻泉飛藻思雲散襟情詩家者流時論歸
美誦於人口久鬱文房謌以國風宜登樂府
旰朝之後乙夜將觀石室所藏歿而不朽柏
梁之會今也則亡乃眷棣華克成編録聲猷

益茂歎息良深

賦　歌行　讚　雜言　共四十一首

白鸚鵡賦

若夫名依西域族本南海同朱喙之清音變緑衣於素彩推慈烏之可貴諒其美之斯在尔其入翫於人見珎奇質狎蘭房之妓女去桂林之雲日易高枝以羅袖代危巢以瓊室慕侶方遠依人永畢託言語而雖通顧形影而非匹經過珠綱出入金鋪單鳴無應隻影長孤偶白鷴於池側對皓鶴於庭隅愁混色而難辨顧知名而自呼明心有識懷恩無極芳樹絶想雕

梁撫翼時銜花而不言每投人以方息慧性孤禀雅容非飾含火德之明輝被金方之正色至如海鷰呈瑞有玉篚之可依山鷄學舞向寶鏡而知歸皆羽毛之偉麗奉日月之光輝豈憐兹鳥地遠形微色凌紈質彩奪繒衣深籠久閉高木長違儻見借其羽翼與遷鸎而共飛

登樓歌

聊上君兮高樓飛甍鱗次兮在下俯十二兮通衢綠槐參差兮車馬却瞻兮龍首前眺兮宜春王畿鬱兮千里山河壯兮咸秦舍人下兮青宮據胡牀兮書空執戟疲於下位老夫好

隱兮牆東亦幸有張伯英草聖兮龍騰虯躍擺長雲兮捩迴風琥珀酒兮彫胡飯君不御兮日將晩秋風兮吹衣夕鳥兮爭返孤砧發兮東城林薄暮兮蟬聲遠時不可兮再得君何爲兮偃蹇

夷門歌

七雄雄雌猶未分攻城殺將何紛紛秦兵益圍邯鄲急魏王不救平原君公子爲嬴停駟馬執轡逾恭意逾下亥爲屠肆鼓刀人嬴乃夷門抱關者非但慷慨獻奇謀意氣兼將身命酬向風刎頭送公子七十老翁何所求

雙黄鵠歌送別　時爲節度判官在涼府作

天路來兮雙黄鵠雲上飛兮水上宿撫翼和鳴整羽族不得已忽分飛家在玉京朝紫微主人臨水送將歸悲笳嘹唳垂舞衣賓欲散兮復相依幾往返兮極浦尚徘徊兮落暉岸上火兮相迎將夜入兮邊城鞍馬歸兮佳人散悵離憂兮獨含情

新秦郡松樹歌

青青山上松數里不見今更逢不見君心相憶此心向君君應識爲君顔色高且閑亭亭迥出浮雲間

青雀歌

青雀翅羽短未能遠食玉山禾猶勝黃雀爭
上下唧唧空倉復若何

同前　盧象

啾啾青雀兒飛來飛去仰天池逍遥飲啄安涯
分何假扶揺九萬爲

同前　王縉

林間青雀兒來往翩翩繞一枝莫言不解銜環
報但問君恩今若爲

同前　崔興宗

青扈繞青林翩翩陋躰一微禽不應長在藩

籬下他日凌雲誰見心

同前　　裴迪

動息自適性不曾妄與鸞雀群幸忝鴛鸞
早相識何時提攜致青雲

贈徐中書望終南山歌

晩下兮紫微悵塵事兮多違駐馬兮雙樹
望青山兮不歸

送友人歸山歌二首

一
山寂寂兮無人又蒼蒼兮多木群龍兮滿朝君
何爲兮空谷文寡和兮思深道難知兮行獨
悅石上兮流泉與松間兮草屋入雲中兮養

鷄上山頭兮抱犢神與棗兮如瓜虎賁杳兮收穀魏不才兮妨賢嫌既老兮貪祿誓解印兮相從何詹尹兮何卜

山中人兮欲歸雲冥冥兮雨霏霏水驚波兮翠菅靡白鷺忽兮飜飛君不可兮褰衣山萬重兮一雲混天地兮不分樹晻曖兮氛氳猨不見兮空聞忽山西兮夕陽見東皋兮遠村平蕪緑兮千里眇惆悵兮思君

魚山神女祠歌二首

迎神曲

坎坎擊鼓魚山之下吹洞簫望極浦女巫進
紛屢舞陳瑤席湛清酤風淒淒兮夜雨
神之來兮不來使我心兮苦復苦

送神曲

紛進拜兮堂前目眷眷兮瓊筵來不語
兮意不傳作暮雨兮愁空山悲急管思繁
絃靈之駕兮儼欲旋倏雲收兮雨歇山青
青兮水潺湲

扶南曲歌詞五首

翠羽流蘇帳春眠曙不開羞從面色起嬌
逐語聲來早向昭陽殿君王中使催■堂上青

絃動堂前綺席陳齊歌盧女曲雙舞洛陽
人傾國徒相看寧知心所親香氣傳空滿
粧華影箔通歌聞天仗外舞出御樓中日
暮歸何處花間長樂宮　宮女還金屋將
眠復畏明入春輕衣好半夜薄粧成拂曙
朝前殿玉墀多珮聲　朝日照綺窻佳人坐
臨鏡散黛恨猶輕插釵嫌未正同心勿遽遊
幸待春粧竟

隴頭吟

長城少年遊俠客夜上戍樓看太白隴頭明
月廻臨關隴上行人夜吹笛關西老將不勝

愁駐馬聽之雙淚流身經大小百餘戰麾下
偏裨万户侯蘇武纔爲典屬國節旄空盡海
西頭一作雲落

老將行

少年十五二十時步行奪取胡馬騎射殺山
中白額虎肯數鄴下黄鬚兒一身轉戰三千
里一劍曾當百万師漢兵奮迅如霹靂虜
騎崩騰畏蒺藜衛青不敗由天幸李廣无功
緣數奇自從棄置便衰朽世事蹉跎成白首
昔時飛箭無全目今日垂楊生左肘路傍時
賣故侯瓜門前學種先生柳茫茫古木連

窮巷遼落寒山對虛牖誓令疎勒出飛泉不似
潁川空使酒賀蘭山下陣如雲羽檄交馳日夕
聞節使三河募年少詔書五道出將軍試拂鐵
衣如雪色聊持寶劍動星文願得燕弓射天將
恥令越甲鳴吳軍莫嫌舊日雲中守猶堪一戰取
功勳

燕支行　時年二十一

漢家天將才且雄來時謁帝明光宮万乘親
推雙闕下千官出餞五陵東誓辭甲第金門
裏身作長城玉塞中衛霍纔堪一騎將朝廷莫
數貳師功趙魏燕韓多勁卒關西俠少何咆勃
報讎只是聞嘗膽飲酒不曾妨刮骨畫戟雕

兵

戈白日寒連旗大旆黄塵没疊鼓遥翻瀚海波
鳴笳乱動天山月麒麟錦帯佩吴鉤颯踏青驪
躍紫騮抜劔已断天驕臂帰鞍共飲月支頭漢
兵大呼一當百虜騎相看哭且愁教戰雖令赴
湯火終知上将先伐謀

從軍行

吹角動行人喧〻行人起笳悲馬嘶乱争渡金
河水日暮沙漠垂戰声煙塵裏盡繫名王頸
帰來報天子

桃源行　時年十九

漁舟逐水愛山春兩岸桃花俠去津坐看紅樹

不知遠行盡青溪不見人山口潛行始隈隩山
開曠望旋平陸遥看一處攢雲樹近入千家散
花竹樵客初傳漢姓名居人未改秦衣服居人
共住武陵源還從物外起田園月明松下房櫳
静日出雲中雞犬喧驚聞俗客争來集競引還
家問都邑平明閭巷掃花開薄暮漁樵乘水
入初因避地去人間更問成仙遂不還峽裏誰知
有人事世中遥望空雲山不疑靈境難聞見
塵心未盡思鄉縣出洞無論隔山水辭家終擬
長游衍自謂經過舊不迷安知峯壑今來變
當時只記入山深青溪幾度到雲林春來遍

是桃花水不辨仙源何處尋

隴西行

十里一走馬五里一揚鞭都護軍書至匈奴圍
酒泉關山正飛雪烽戍斷無煙

早春行

紫梅發初遍黃鳥歌猶澁誰家折楊女弄春
如不及愛水看粧坐羞人映花立香畏風吹散
衣愁露霑濕玉閨青門裏日落香車入遊衍
益相思含啼向綵帷憶君長入夢歸晚更生
疑不及紅簷燕雙棲綠草時

洛陽女兒行　時年十八

洛陽女兒對門居纔可顔容十五餘良人玉勒乗驄馬侍女金盤膾鯉魚畫閣朱樓盡相望紅桃緑柳垂檐向羅帷送上七香車寶扇迎歸九華帳狂夫富貴在青春意氣驕奢劇季倫自憐碧玉親教舞不惜珊瑚持与人春窻曙滅九微火九微片片飛花璅戲罷曾无理曲時粧成秪是薫香坐城中相識盡繁華日夜經過趙李家誰憐越女顔如玉貧賤江頭自浣紗

少年行四首

新豐美酒斗十千咸陽遊俠多少年相逢意氣為君飲繫馬髙樓垂柳邊出身仕漢羽林郎

初隨驃騎戰漁陽孰知不向邊庭苦縱死猶聞俠骨香一身能擘兩彫弧虜騎千重只似无編坐金鞍調白羽紛〻射殺五單于漢家君臣歡宴終高議雲臺論戰功天子臨軒賜侯印將軍佩出光明宮

皇甫岳寫真讚

有道者古先生神則清雙眸朗暢四氣和平長江月影太華松声周而不器獨也難名且未婚嫁猶寄簪纓燒丹藥就辟穀將成雲漢之下法本无生

裴右丞寫真讚

澹尒清德居然素風氣和容衆心静如空智以窮理才包至公大盗振駭群目困蒙忘身徇節歷險能通仁者之勇義無失忠凝情取像惟雅則同粉繪不及清明在躬麟閣之上其誰此崇

白黿渦　雜言走筆

南山之瀑水兮激石瀉瀑似雷驚人相對兮不聞語聲飜渦跳沫兮蒼苔濕蘚老且厚春草爲之不生獸不敢驚動鳥不敢飛鳴白黿渦濤戯瀨兮委身以縱横主人之仁兮不網不釣得遂性以生成

黃雀癡　雜言走筆

黄雀癡黄雀癡謂言青鷇是我兒一一口銜食
養得成毛衣到大啁啾解游颺各自東西南北
飛薄暮空巢上羇雌獨自歸鳳皇九雛亦如
此慎莫愁思顦顇損容輝

贈裴迪　雜言

不相見不相見來久日日泉水頭常憶同攜手
攜手本同心復歎忽分襟相憶今如此相思深
不深

榆林群歌

山頭松栢林山下泉聲傷客心千里萬里春草
色黄河東流流不息黄龍戍上遊俠兒愁逢漢

使不相識

問冠校書雙溪 雜言

君家少室西爲復少室東別來幾日今春風新
買雙溪定何似餘生欲寄白雲中

寄崇梵僧 雜言

崇梵僧崇梵僧秋歸覆釜春不還落花啼鳥
紛紛亂澗户山窻寂寂閑峽裏誰知有人事郡
中遥望空雲山

宋進馬哀詞 并序

宋進馬者中書舍人宋公之子也公兄弟兄子
一而已文則有種德亦惟肖忽疾殃逝瘞不及

視宋公哀之他人悲之故爲詞曰
肯春涉夏兮衆木藹以繁陰連金華与玉堂
兮宮閣鬱其沈沈百官並入兮何語笑之啞啞
君獨靜嘿以傷心章王言兮不得辤我悲誠思
兮少時僕夫命駕兮出閶闔歷通逵陌上人兮
如故識不識兮往來眼中不見兮吾兒驂紫騮
兮從青驪低光垂彩兮悅不知其所之闕朱户
兮望華軒意斯子兮候門忽思塵兮城南薈
乱兮重昏仰訴天之不仁兮家唯一身身止一子
何緒嗣之不繫兢單尠而又死將清白兮遺誰
問詩礼兮巳矣哀從中兮不可勝豈暇料餘年

兮復幾日黷黷兮頹曄鳥翩翩兮疾飛邈一窮
天兮不返疑有日兮來歸靜言思兮永絶復
驚叫兮沾衣客有弔之者曰觀未始兮有物
同委蛻兮胡悲且延陵兮未至況西河兮不知
學無生兮庶可幸能聽於吾師

王右丞文集卷第一

王右丞文集卷第二

尚書右丞贈祕書監王　維

奉和　聖製慶玄元皇帝玉像之作應制

明君夢帝先寶命上齋宵天秦后徒聞樂周王耻卜年玉京移大像金籙會群仙承露調天供臨空敞御筵斗迴迎壽酒山近起爐煙顧奉無爲化齋心學自然

奉和　聖製從蓬萊向興慶閣道中留春雨中春望之作應制

渭水自縈秦塞曲黃山舊遶漢宮斜鑾輿迥出仙門柳閣道迴看上苑花雲裏帝城雙鳳闕雨

中春樹萬人家爲乘陽氣行時令不是宸遊重
物華

奉和　聖製與太子諸王三月三日龍池春
禊應制

故事修春禊新宮展豫遊明君移鳳輦太子出
龍樓賦掩陳王作盃如洛水流金人來捧劍畫
鷁去迴舟苑樹浮宮闕天池照冕旒宸章在
雲漢垂象滿皇州

奉和　聖製上巳於望春亭觀禊飲應制

長樂青門外宜春小苑東樓開万户上輦過百
花中畫鷁移仙妓金貂列上公清歌邀日落妙

舞向春風渭水明秦甸黃山入漢宮君王來祓禊
灞滻亦朝宗

奉和　聖製幸玉眞公主山莊因題石壁
十韻之作應制

碧落風煙外瑤臺道路賒如何連帝苑別自有
仙家此地迴鑾駕緣溪轉翠華洞中開日月窻
裏發雲霞庭養冲天鶴溪留上漢查種田生白
玉泥竈化丹砂谷靜泉逾響山深日易斜御羹
和石髓香飯進胡麻大道今無外長生詎有涯
還瞻九霄上來往五雲車

奉和　聖製登降聖觀與宰臣等同望

應制

鳳扆朝碧落龍圖耀金鏡維岳降二臣戴天臨
万姓山川八校滿井邑三農竟比屋皆可封誰家
不相慶林疎遠村出野曠寒山靜帝城雲裏深
渭水天邊映喜氣含風景頌聲溢歌詠端拱能
任賢弥彰聖君聖

奉和　聖製御春明樓臨右相園亭賦樂
賢詩應制

複道通長樂青門臨上路遙聞鳳吹喧闇識龍
輿度褰旒明四目伏檻紆三顧小苑接侯家飛
甍映宮樹商山原上碧滻水林端素銀漢下天

輦瓊筵承湛露將非富入寵信以平戎故從來
簡帝心詎得迴天步

奉和　聖製暮春送朝集使歸郡應制

萬國仰宗周衣冠拜冕旒玉乘迎大客金節送
諸侯祖席傾三省褰帷向九州楊花飛上路槐
色蔭通溝來預鈞天樂歸分漢主憂宸章類河
漢垂象滿中州

奉和　聖製送不蒙都護兼鴻臚卿歸安
西應制

上御增命服都護揚歸旆雜虜盡朝周諸胡皆
自鄯鳴笳瀚海曲按節陽關外落日下河源寒

山靜秋塞萬方氛祲息六合乾坤大無戰是天
心天心同覆載

三月三日曲江侍宴應制

萬乘親齋祭千官喜豫遊奉迎從上苑祓
禊向中流草樹連容衛山河對冕旒畫旗搖
浦溆春服滿汀洲仙樂龍媒下神皋鳳蹕留從今
億万歲天寶紀春秋

奉和聖製十五夜燃燈繼以酺宴應制

上路笙歌滿春城漏刻長遊人多晝日明月讓燈光
魚鑰通翔鳳龍輿出建章九衢陳廣樂百福
透名香仙妓來金殿都人遶玉堂定應偷妙

舞從此學新粧奉引迎三事司儀列万方願將
天地壽同以獻君王

奉和　聖製重陽節宰臣及群官上壽
應制

四海方無事三秋大有年百生逢此日万壽願
齊天芳藥和金鼎茱萸插玳筵玉堂開右个
天樂動宮懸御柳疎秋景城鵶拂曙煙無窮
菊花節長奉栢梁篇

奉和　聖製賜史供奉曲江宴應制

侍從有鄒枚瓊筵就水開言陪栢梁宴新下建
章來對酒山河滿移舟草樹廻天文同麗日駐

景惜行盃

三月三日勤政樓侍宴應制

綵仗連宵合瓊樓拂曙通年光三月裏宮殿百
花中不數秦王日誰將洛水同酒筵嫌落絮舞
袖怯春風天保无爲德人歡不戰功仍臨九衢
宴更達四門聰

大同殿生玉芝龍池上有慶雲百官共覩
聖恩便賜宴樂敢書即事

欲笑周文歌宴鎬遥輕漢武樂横汾豈如玉殿
生三秀詎有銅池出五雲陌上堯樽傾北斗樓
前舜樂動南薰共歡天意同人意万歲千秋

奉聖製　勑賜百官櫻桃　時爲文部郎中

芙蓉闕下會千官紫禁朱櫻出上蘭總是寢
園春薦後非關御苑鳥銜殘歸鞍競帶青絲籠
中使頻傾赤玉盤飽食不須愁內熱大官還有柘漿寒

和前　右補闕崔興宗

未央朝謁正逶迤天上櫻桃錫此時朱實初傳九華
殿繁花舊雜萬年枝未勝晏子江南橘莫比潘家
大谷梨聞道令人好顏色神農本草自應知

奉和聖製天長節賜宰臣歌應制

太陽升兮照萬方開閶闔兮臨玉堂儼冕旒兮垂衣

裳金天淨兮麗三光彤庭曙兮延八荒德合天兮禮
神遍靈芝生兮慶雲見唐堯后兮稷禼臣匝宇宙
兮華胥人盡九服兮皆四鄰乾降瑞兮坤獻珍

奉和 聖製聖扎賜宰臣連珠詞五首應
制時爲庫部員外

臣聞大明馭寓天地同符間氣佐時君臣協德故千
年聖主唐帝撫其寶圖七德諸侯周公爲之元老
臣聞有其才者効其職重其任者竭其能故樂播大
風乃能調四氣身騎列宿於是運三光
臣聞先天不違德合於上事君盡力功濟於下故君
臣同體於大道庶人以康億兆宅心於至仁萬邦乃固

臣聞形之端者影必隨焉聲之善者響必應焉故
偃武修文皇天降之善氣薄賦省役后土報以豐年
臣聞宣至理者文懸之於日月表聖言者字動之以
煙雲故虞舜作歌徒施於典策伏羲畫卦未類於昭回

敕借岐王九成宮避暑應教

帝子遠辭丹鳳闕天書遙借翠微宮隔窗雲霧
生衣上卷幔山泉入鏡中林下水聲喧語笑巖間樹
色隱房櫳仙家未必能勝此何事吹笙向碧空

從岐王過楊氏別業應教

楊子談經所淮王載酒過興闌啼鳥換坐久落花
多逕轉迴銀燭林開散玉珂嚴城時未啓前路擁笙歌

從岐王夜讌衛家山池應教

座客香貂滿宮娃綺幔障澗花輕粉色山月少燈光
積翠紗窻暗飛泉繡戸凉還將歌舞出歸路莫愁長

和尹諫議史舘山池

雲舘接天居霓裳侍玉除春池百子外芳樹万年餘
洞有仙人籙山藏太史書君恩深漢帝且莫上空虚

和陳監四郎秋雨中思從弟據

嫋嫋秋風動淒淒煙雨繁声連鳷鵲觀色暗鳳皇原
細柳疎高閣輕槐落洞門九衢行欲斷万井寂无喧
忽有愁霖唱更陳多露言平原思令弟康樂謝賢昆
逸興方三接衰顔强七奔相如今老病歸守茂陵園

和僕射晉公扈從温湯　時為右補闕

天子幸新豐旌旗渭水東寒山天仗裏温谷幔城中
奠玉群仙坐焚香太一宮出遊逢牧馬罷獵有非熊
上宰无為化明時太古同靈芝三秀紫陳粟万箱紅
王礼尊儒教天兵小戰功謀猷歸哲匠詞賦屬文宗
司諫方無闕陳詩且未工長吟吉甫頌朝夕仰清風

和宋中丞夏日遊福賢觀天長寺　卽陳左相宅所施之作

已相殷王国空餘尚父溪釣磯開月殿築道出雲梯
積水浮香象深山鳴白雞虛空陳妓樂衣服製虹霓
墨點三千界丹飛六一泥桃源勿遽返再訪恐君迷

和賈舍人早朝大明宮之作

絳幘雞人送曉籌尚衣方進翠雲裘九天閶闔開宮
殿万国衣冠拜冕旒日色纔臨仙掌動香煙欲傍袞
龍浮朝罷須裁五色詔珮声帰向鳳池頭

瓜園詩 并序

維瓜園高齋俯視南山形勝二三時輩同賦是詩兼
命詞英數公同用園字為韻往多少時太子司議郎
薛璩發此題遂同諸公云

余適欲鋤瓜倚鋤聽叩門鳴騶導驄馬常從夾朱軒
窮巷正傳呼故人儻相存攜手追涼風放心望乾坤
藹、帝王州宮觀一何繁林端出綺道殿頂搖華幡
素懷在青山若值白雲屯迴風城西雨返景原上村

前酌盈樽酒往往聞清言黄鸝囀深木朱槿照中園猶羨汝松下客石上聞清猿

同崔傅荅賢弟

洛陽才子姑蘇客桂苑殊非故鄉陌九江楓樹幾回青一片楊州五湖白楊州時有下江兵蘭陵鎮前吹笛聲夜火人歸富春郭秋風鶴唳石頭城周郎陸弟爲儔侶對舞前溪歌白紵曲机書留小史家草堂棊賭山陰墅衣冠若話外臺臣先數夫君席上珍更聞臺閣求三語遥想風流第一人

同崔員外秋宵寓直

建禮高秋夜承明候曉過九門寒漏徹萬井曙

鍾多月迥藏珠斗雲消出絳河更慙衰朽質南
陌共鳴珂

同比部楊員外十五夜遊有懷靜者季雜言

承明少休沐建禮省文書夜漏行人息歸鞍落日餘豈
知三五夕萬戶千門闢夜出曙翻歸傾城滿南陌陌頭
馳騁盡繁華王孫公子五侯家由來月明如白日共道
春燈勝百花聊看侍中千餘騎強識小婦七香車香
車寶馬共喧闐箇裏多情俠少年競向長楊柳市
北肯過精舍竹林前獨有仙郎心寂寞却將宴坐爲
行樂儻不忘懷共往來幸霑同舍甘藜藿

沈十四拾遺新竹生讀經處同諸公之作

閑居日清静脩竹自檀欒嫩節留餘籜新叢出舊
欄細枝風響亂踈影月光寒樂府裁龍笛漁家伐
釣竿何如道門裏青翠拂仙壇

同盧拾遺韋給事東山別業二十韻給事首春
休沐維已陪遊及乎是行亦預聞命會無車
馬不果斯諾

託身侍雲陛昧旦趨華軒遂陪鵷鴻侶霄漢同飛飜
君子垂惠顧期我於田園側聞景龍際親降南面尊
万乘駐山外順風祈一言高陽多夔龍荊山積璵璠
盛德啓前烈大賢鍾後昆侍郎文昌宮給事東掖
垣謁帝俱來下冠蓋盈丘樊閨風首邦族庭訓延

郷村萊施包山河樹共竟川原巖端迴綺檻谷口開朱門階下群峰首雲中瀑水源鳴玉滿春山列筵先朝曦會舞何颯踏擊鍾弥朝昏是時陽和節清晝猶未暄藹々樹色深嚶々鳥聲繁顧已負宿諾延頸慙芳蓀蹇步守窮巷高駕難攀援素是獨往客脫冠情弥敦

和使君五郎西樓望遠思歸

高樓望所思目極情未畢枕上見千里窗中窺万室悠々長路人曖々遠郊日惆悵極浦外迢遞孤煙出能賦屬上才思歸同下秩故郷不可見雲水空如一

和太常韋主簿五郎溫湯寓目

漢主離宮接露臺秦川一半夕陽開青山盡是朱旗繞
碧澗翻從玉殿來新豐樹裏行人度小苑城邊獵騎
迴聞道甘泉能獻賦懸知獨有子雲才

奉和楊駙馬六郎秋夜即事

高樓月似霜秋夜鬱金堂對坐彈盧女高看舞鳳皇
少兒多送酒小玉更焚香結束平陽騎明朝入建章

詶諸公見過 四言 時官出在輞川莊

嗟余未喪哀此孤生屏居藍田薄地躬耕歲晏輸稅
以奉粢盛晨往東皐草露未晞暮看煙火負擔來歸
我聞有客足掃荊扉簞食伊何副瓜抓棗仰厠羣賢
皤然一老媿無莞簟班荊席藁汎汎登陂折彼荷花淨

觀素鮪俯映白沙山鳥羣飛日隱軒霞登車上馬
倏忽雨散雀噪荒村雞鳴空館還復幽獨重欷累歎

酬虞部蘇員外過藍田別業不見留之作

貧居依谷口喬木帶荒村石路枉迴駕山家誰候門
漁舟膠凍浦獵火燒寒原唯有白雲外疎鐘聞夜猿

酬比部楊員外暮宿琴臺朝躋書閣率尔
見贈之作

舊簡拂塵看鳴琴候月彈桃源迷漢姓松樹有秦
官空谷歸人少青山背日寒羨君棲隱處遙望白
雲端

苑舍人能書梵字兼達梵音皆曲盡其妙

戲為之贈

名儒待詔滿公車才子為郎典石渠蓮花法藏心懸悟貝葉經文手自書楚詞共許勝楊馬梵字何人辯魯魚故舊相望在三事願君莫厭承明廬

苑咸荅　并序

王員外兄以予嘗學天竺書有戲題見贈然王兄當代詩匠又精禪理枉採知音形於雅作輒走筆以詶焉且久未遷因而嘲及

蓮花梵字本從天華省仙郎早悟禪三點成伊猶有想一觀如幻自忘筌為文已變當時體入用還推間氣賢應同羅漢無名欲故作馮唐老歲年

重詶苑郎中　并序時爲庫部員外

須輒奉贈忽枉見詶叙末云且久不遷因而嘲及詩落句云應同羅漢無名欲故作憑唐老歲年亦解嘲之類也　何幸含香奉　至尊多慙未報主人恩草木豈能酬雨露榮枯安敢問乾坤仙郎有意憐同舍丞相無私斷掃門揚子解嘲徒自遣馮唐已老復何論

詶郭給事　七言

洞門高閣靄餘輝桃李陰陰柳絮飛禁裏疎鐘官舍晚省中啼鳥吏人稀晨搖玉珮趨金殿夕奉天書拜瑣闈強欲從君無那老將因臥病解朝衣

詶嚴少尹徐舍人見過不遇

公門暇日少窮巷故人稀偶值乘籃轝非關避白衣
不知炊黍否誰解掃荊扉君但傾茶椀無妨騎馬歸

慕容承携素饌見過

紗帽烏皮几閑居懶賦詩門看五柳識年筭六身知
靈壽君王賜彫胡弟子炊空勞酒食饌特底解人頤

詶慕容上

行行西陌返駐幰問車公挾轂雙官騎應門五尺僮
老年如塞北強起離牆東爲報壺丘子來人道姓蒙

詶張少府

晚年唯好靜萬事不關心自顧無長策空知返舊林
松風吹解帶山月照彈琴君問窮通理漁歌入浦深

喜祖三至留宿

門前洛陽客下馬拂征衣不枉故人駕平生多掩扉
行人返深巷積雪帶餘暉早歳同袍者高車何處歸

祖詠荅

四年不相見相見復何為握手言未畢却令傷別離
升堂還駐馬酌醴便呼兒語默自相對安用傍人知

詶黎居士淅川作　曇壁上人院走筆成

儂家真箇去公定隨儂否着處是蓮花無心變楊
柳松龕藏藥裹石唇安茶臼氣味當共知那能不攜手

詶賀四贈葛巾之作

野巾傳惠好兹貺重兼金嘉此幽栖物能齊隱吏心

早朝方暫挂晚沐復來簪坐覺囂塵遠思君共入林

故人張諲工詩善易卜兼能丹青草隸頃以詩見贈聊獲詶之

不逐城東遊俠兒隱囊紗帽坐彈碁蜀中夫子時開卦洛下書生解詠詩藥欄花逕衡門裏時復據梧聊隱几屏風誤點惑孫郎團扇草書輕內史故園高枕度三春永日垂帷絕四鄰自想蔡邕今已老更將書籍與何人

荅張五弟　雜言

終南有茅屋前對終南山終年無客長閉關終日無心長自閑不妨飲酒復垂釣君但能來相往還

輞口遇雨憶終南山因獻絕句　裴迪

積雨晦空曲平沙滅浮彩輞水去悠悠南山復何在

荅裴迪

淼淼寒流廣蒼蒼秋雨晦君問終南山心知白雲外

王右丞文集卷第二

王右丞文集卷第三

尚書右丞贈祕書監王　維

奉寄韋太守陟

荒城自蕭索萬里山河空天高秋日迥嘹唳聞歸鴻

寒塘映衰草高館落疎桐臨此歲方晏顧景詠悲

翁故人不可見寂寞平陵東

林園即事寄舍弟紞

寓目一蕭散消憂冀俄頃青草肅澄波白雲移翠嶺後浦通河渭前山包鄠郢松含風裏聲花對池中影地多齋后癯人帶荊州癭徒思赤筆書詎有丹砂井心悲常欲絕髮亂不能整青簟日何長閑門晝方静頹思茅簷下弥傷好風景

寄河上段十六

與君相見即相親聞道君家在孟津爲見行舟試借問客中時有洛陽人

寄荊州張丞相

所思竟何在悵望深荆門舉世無相識終身思舊恩
方將與農圃藝植老丘園目盡南飛鳥何由寄一言

山中寄諸弟妹

山中多法侶禪誦自爲羣城郭遥相望唯應見白雲

聞裴秀才迪吟詩因戲贈

猿吟一何苦愁朝復悲夕莫作巫峽聲腸斷秋江客

既蒙宥罪旋復拜官伏感聖恩竊書鄙意

兼奉簡新除使君等諸公

忽蒙漢詔還冠冕始覺殷王解網羅日比皇明猶自
暗天齊聖壽未云多花迎喜氣皆知笑鳥識歡心亦
解歌聞道百城新佩印還來雙闕共鳴珂

贈從弟司庫員外絿

少年識事淺強學干名利徒聞躍馬年苦無出人智
即事豈徒言累官非不試既寡遂性歡恐招負時累
清冬見遠山積雪凝蒼翠晧然出東林發我遺世意
惠連素清賞夙語塵外事欲緩攜手期流年一何駛

座上走筆贈薛璩慕容損

希世無高符絶跡有卑棲君徒視人文吾固和天倪
緬然萬物始及與群物齊分地依后稷用天信重黎
春風何像人令我思東溪草色有佳意花枝稍含美
更待風景好與君藉萋萋

贈李頎

聞君餌丹砂甚有好顏色不知從今去幾時生羽翼王母翳華芝望尔崑崙側文螭從赤豹萬里方一息悲哉世上人甘此羶腥食

贈劉藍田

籬中犬迎吠出屋候柴扉歲晏輸井稅山村人夜歸晚田始家食餘布成我衣詎肯无公事煩君問是非

贈房盧氏琯

達人無不可忘己愛蒼生豈復小千室絃歌在兩楹浮人日已歸但坐事農耕桑榆鬱相望邑里多雞鳴秋山一何淨蒼翠臨寒城視事兼偃卧對書不簪纓蕭條人吏踈鳥雀下空庭鄙夫心所尚晚節異

平生將從海岳居守靜解天刑或可累安邑茅茨君
試營

贈祖三詠　濟州官舍作

蠨蛸挂虛牖蟋蟀鳴前除歲晏涼風至君子復何如
高館闃無人離居不可道閑門寂已閉落日照秋草
雖有近音信千里阻河關中復客汝潁去年歸舊山
結交二十載不得一日展貧病子既深契闊余不淺
仲秋雖未歸暮秋以爲期良會詎幾日終自長相思

輞川閑居贈裴秀才迪

寒山轉蒼翠秋水日潺湲倚仗柴門外臨風聽暮
蟬渡頭餘落日墟里上孤煙復値接輿醉狂歌玉

柳前

春夜竹亭贈錢少府歸藍田

夜静群動息時聞隔林犬却憶山中時人家澗西
遠羡君明發去采蕨輕軒冕

詶前　錢起

山月隨客來主人興不淺今宵竹林下誰覺花源
遠惆悵曙鸎啼孤雲還絶巘

贈東岳焦練師

先生千歲餘五嶽遍曾居遥識齊侯鼎新過王母廬
不能師孔墨何事問長沮玉管時來鳳銅盤即釣
魚竦身空裏語明目夜中書自有還丹術時論

太素初頻蒙露版詔時降軟輪車山静泉逾響松
高枝轉疎支頤問樵客世上復何如

贈韋穆十八

與君青眼客共有白雲心不向東山去日令春草深

戲贈張五弟諲三首 時在常樂東閣走筆成

吾弟東山時心尚一何遠日高猶自卧鍾動始能飯領
上髪未梳牀頭書不卷清川興悠悠空林對偃蹇
青苔石上浄細草松下軟窻外鳥聲閑階前虎心善
徒然万像多澹尔太虛緬一知與物平自顧為人淺
對君忽自得浮念不煩遣

張弟五車書讀書仍隱居染翰過草聖賦詩輕子

盧閑門二室下隱居十年餘宛是野人也時從漁父
魚秋風日蕭索五柳高且疎望此去人世渡水向吾盧
歲晏同攜手只應君與予
設罝守毚兔垂鈎伺游鱗此是安口腹非關慕隱淪
吾生好清靜蔬食去情塵今子方豪蕩思爲鼎食
人我家南山下動息自遺身入鳥不相乱見獸皆相
親雲霞成伴侶虛白侍衣巾何事須夫子邀子谷
口真

贈裴旻将軍

腰間寶劍七星文臂上琱弓百戰勲見說雲中擒
黠虜始知天上有将軍

贈焦道士

海上游三島淮南預八公坐知千里外跳向一壺中
縮地朝珠闕行天使玉童飲人聊割酒送客乍分風
天老能行氣吾師不養空謝君徒雀躍無可問鴻濛

贈吳官

長安客舍熱如煮無箇茗糜難御暑空摇白團其
諦苦欲向縹囊還歸旅江鄉鯖鮓不寄來秦人湯
餅那堪許不如儂家任挑達草屩撈蝦富春渚

冬晚對雪憶胡居士水

寒更傳曉箭清鏡覽衰顏隔牖風驚竹開門雪滿山
洒空深巷靜積素廣庭閑借問袁安舍翛然尚閉關

至滑州隔河望黎陽憶丁三寓

隔河見桑柘藹藹黎陽川望望行漸遠孤峯沒雲煙故人不可見河水復悠然賴有政聲遠時聞行路傳

秋夜獨坐懷内弟崔興宗

夜静群動息蟪蛄聲悠悠庭槐北風響日夕方高秋思子整羽翰及時當雲浮吾生將白首歲晏思滄洲高足在旦暮肯爲南畝儔

雪中憶李揖雜言

積雪滿阡陌故人不可期長安千門復万户何處躞蹀黄金羈

胡居士卧病遺米因贈

了觀四大因根性何所有妄計苟不生是身孰休咎
聲何謂客陰界復誰守徒言蓮花目豈惡楊枝肘既
飽香積飯不醉聲聞酒有無斷常見生滅幻夢受即
病即實相趍空定狂走無有一法真無有一法垢居
士素通達隨宜善斗擻牀上無氈臥鐺中有粥否
齋時不乞食定應空漱口聊持數斗米且救浮生取

贈裴十迪

風景日夕佳與君賦新詩澹然望遠空如意方支頤
春風動百草蘭蕙生我籬曖曖日暖閨田家來致詞
欣欣春還皐淡淡水生陂桃李雖未開荑萼滿其枝

請君理還策敢告將農時

酌酒與裴迪

酌酒與君君自寬人情翻覆似波瀾白首相知猶按劒朱門先達笑彈冠草色全經細雨濕花枝欲動春風寒世事浮雲何足問不如高卧且加飡

與胡居士皆病寄此詩兼示學人二首 梵志躰

一興微　念横有朝露身如是覩蔭界何方置我人礙有固爲主趣空寧捨賓洗心詎懸解悟道正迷津因愛果生病從貪始覺貧色聲非彼妄浮幻即吾真四達竟何遺方殊安可塵胡生但高枕寂寞與誰隣戰勝不謀食理齊甘負薪子若未始異詎論疎與親

浮空徒漫漫汎有定悠悠無乘及乘者所謂智人舟詎捨負病域不疲生死流無煩君喻馬任以我爲牛植福祠迦葉求仁笑孔丘何津不皷棹何路不摧輈念此聞思者胡爲多阻脩空虛花聚散煩惱樹稀稠滅想成無記生心坐有求降吴復歸蜀不到莫相尤

九月九日憶山東兄弟 時年十七

獨在異鄉爲異客每逢嘉節倍思親遙知兄弟登高處遍挿茱萸少一人

華岳

西岳出浮雲積翠在太清連天疑黛色百里遥青冥白日爲之寒森沈華陰城昔聞乾坤閉造化生巨靈

右足踏方山左手推削成天地忽開折天河注東溟
遂爲西峙岳雄雄鎮秦京大君包覆載至德被
群生上帝佇昭告金天思奉迎人祇望幸久何
獨禪云亭

藍田山石門精舍

落日山水好漾舟信歸風玩奇不覺遠因以緣源窮
遙愛雲木秀初疑路不同安知清流轉偶與前山通
捨舟理輕策果然愜所適老僧四五人逍遙蔭松栢
朝梵林未曙夜禪山更寂道心及牧童世事問樵客
瞑宿長林下焚香臥瑤席澗芳襲人衣山月映石壁
再尋畏迷誤明發更登歴笑謝桃源人花紅復來

靚（一云燗吹人衣）

山居秋暝

空山新雨後天氣晚來秋明月松間照清泉石上流竹喧歸浣女蓮動下漁舟隨意春芳歇王孫自可留

青溪

言入黃花川每逐青溪水隨山將萬轉趣途無百里聲喧乱石中色靜深松裏漾漾汎菱荇澄澄映葭葦我心素已閒清川澹如此請留盤石上垂釣將已矣

崔濮陽兄季重前山興（山西去亦對維門）

秋色有佳興況君池上閒悠然西林下自識門前山千里横黛色數峯出雲間嵯峩對秦國合沓

藏荆開殘雨斜日照夕嵐飛鳥還故人今尚爾歎
息此頹顔

終南別業

中歲頗好道晚家南山陲興來每獨往勝事空自
知行到水窮處坐看雲起時偶然值林叟談笑無還期

皇甫岳雲溪雜題五首

鳥鳴澗

人閑桂花落夜靜春山空月出驚山鳥時鳴春澗中

蓮花塢

日日採蓮去洲長多暮歸弄篙莫濺水畏濕紅蓮衣

鸕鷀堰

乍向紅蓮沒復出清浦颺獨立何褷褷銜魚古查上

上平田

朝耕上平田暮耕上平田借問問津者寧知沮溺賢

萍池

春池深且廣會待輕舟迴靡靡綠萍合垂楊掃復開

王右丞文集卷第三

王右丞文集卷第四

尚書右丞贈祕書監王　維

輞川集　并序

余別業在輞川山谷其遊止有孟城坳華子岡文杏

館斤竹嶺鹿柴去声茱萸沜潘上宮槐陌臨湖亭南垞音茶欹湖柳浪欒家瀨金屑泉白石灘北垞竹里館辛夷塢漆園椒園等與裴迪閑暇各賦絶句云尓

孟城坳

新家孟城口古木餘衰柳来者復爲誰空悲昔人有

同前　裴迪

結廬古城下時登古城上古城非疇昔今人自來往

華子岡

飛鳥去不窮連山復秋色上下華子岡惆悵情何極

同前

落日松風起還家草露稀雲光侵履跡山翠拂人衣

文杏館

文杏裁爲梁香茅結爲宇不知棟裏雲去作人間雨

同前

迢迢文杏館躋攀日已屢南嶺與北湖前看復迴顧

斤竹嶺

檀欒映空曲青翠漾漣漪暗入商山路樵人不可知

同前

明流紆且直緑篠密復深一逕通山路行歌望舊岑

鹿柴

空山不見人但聞人語響返景入深林復照青苔上

同前

曰夕見寒山便爲獨往客不知松林事但有麏麚跡

木蘭柴

秋山歛餘照飛鳥逐前侶彩翠時分明夕嵐無處所

同前

蒼蒼落日時鳥聲乱溪水緣溪路轉深幽興何時巳

茱萸沜

結實紅且緑復如花更開山中儻留客置此茱萸杯

同前

飄香乱椒桂布葉間檀欒雲日雖廻照森沉猶自寒

宮槐陌

仄逕蔭宮槐幽陰多緑苔應門[redacted]迎掃畏有山僧來

同前

門前宮槐陌是向欹湖道秋來山雨多落葉無人掃

臨湖亭

輕舸迎上客悠悠湖上來當軒對樽酒四面芙蓉開

同前

當軒彌滉漾孤月正徘徊谷口猿聲發風傳入戶來

南垞

輕舟南垞去北垞淼難即隔浦望人家遙遙不相識

同前

孤舟信風泊南垞湖水岸落日下崦嵫清波殊淼漫

欹湖

吹蕭淩極浦日暮送夫君湖上一廻看山青卷白雲

同前

空闊湖水廣青熒天色同蟻舟一長嘯四面來清風

柳浪

分行接綺樹倒影入清漪不學御溝上春風傷別離

同前

映池同一色逐吹散如絲結陰既得地何謝陶家時

欒家瀨

颯颯秋雨中淺淺石溜瀉跳波自相濺白鷺驚復下

同前

瀨聲喧極浦沿涉向南津泛泛鳧鷗渡時時欲近人

金屑泉

日飲金屑泉少當千餘歳翠鳳翔文螭羽節朝玉帝

同前

瀠渟澹不流金碧如可拾迎晨含素華獨往事朝汲

白石灘

清淺白石灘綠蒲向堪把家住水東西浣沙明月下

同前

跂石復臨水弄波情未極日下川上寒浮雲澹無色

北垞

北垞湖水北雜樹映朱欄逶迤南川水明滅青林端

同前

南上北垞下結宇臨欹湖每欲採樵去扁舟出菰蒲

竹里館

獨坐幽篁裏彈琴復長嘯深林人不知明月來相照

同前

來過竹里館日與道相親出入惟山鳥幽深無世人

辛夷塢

木末芙蓉花山中發紅萼澗戶寂無人紛紛開且落

同前

緣堤春草合王孫自留翫況有辛夷花色與芙蓉亂

漆園

古人非傲吏自闕經世務偶寄一微官婆娑數枝樹

同前
好閑早成性果此諧宿諾今日漆園遊還同莊叟樂
椒園
桂樽迎帝子杜若贈佳人椒漿奠瑤席欲下雲中身
同前
丹刺罥人衣芳香留過客幸堪調鼎用願君垂採摘
歸嵩山作
清川帶長薄車馬去閑閑流水如有意暮禽相與還
荒城臨古渡落日滿秋山迢遞嵩高下歸來且閉關
歸輞川作
谷口疎鍾動漁樵稍欲稀悠然遠山暮獨向白雲歸

菱蔓弱難定楊花輕易飛東臯春草色惆悵掩柴扉

投　師蘭若宿

一公栖太白高頂出雲煙梵流諸壑遍花雨一峯偏迹爲無心隱名因立教傳鳥來還語法客去更安禪晝涉松路盡暮投蘭若邊洞房隱深竹清夜聞遥泉向是雲霞裏今成枕席前豈唯暫留宿服事將窮年

韋給事山居一首

尋幽得此地詎有一人曽大壑隨階轉群山入户登庖廚出深竹印綬隔垂藤即事辭軒冕誰云病未能

輞川别業

不到東山向一年歸來才及種春田雨中草色緑堪

染水上桃花紅亦燃優婁比丘經論學傴僂丈人鄉
里賢披衣倒屣且相見相歡語笑衡門前

山中示弟等

山林吾喪我冠帶尔成人莫學嵇康懶且安原憲貧
山陰多是戶泉水在東鄰緣合妄相有性空無所親
安知廣成子不是老夫身

戲題輞川別業　六言

柳條拂地不須折松樹梢雲從更長藤花欲闇藏
猱子栢葉初齊養麝香

李處士山居一首

君子盈天階小人甘自免方隨錬金客林上家絕巘

背嶺花未開入雲樹深淺清晝猶自眠山鳥時一囀

韋侍郎山居一首

幸忝君子顧遂陪塵外蹤閑花滿巖谷瀑水映杉松啼鳥忽臨澗歸雲時抱峯良遊盛簪紱繼跡多夔龍詎枉青門道故一作胡聞長樂鐘清晨去朝謁車一作騎馬何從容

山居即事

寂寞掩柴扉蒼茫對落暉鶴巢松樹遍人訪蓽門稀嫩竹含新粉紅蓮落故衣渡頭烟火起處處採菱歸

早秋山中作

無才不敢累明時思向東溪守故籬不一作豈厭尚平婚嫁早却嫌陶令去官遲草間蛩響臨秋急山裏蟬聲薄

暮悲寂寞柴門人不到空林獨與白雲期

戲題盤石

可憐盤石臨泉水復有垂楊拂酒盃若道春風不
解意何因吹送落花來

終南山

太一近天都連山到海隅白雲迴望合青靄入看無
分野中峯變陰晴衆壑殊欲投人處宿隔水問樵夫

田園樂七首 六言走筆成

出入千門萬戶經過北里南鄰蹀躞鳴珂有底崆
峒散髮何人

再見封侯萬戶立談賜璧一雙詎勝耦耕南畝何

如高臥東窗

採菱渡頭風急〔一作起〕策杖村西日斜杏樹壇邊漁
父桃花源裏人家

萋萋春草秋綠落落長松夏寒牛羊自歸村
巷童稚不識衣冠

山下孤煙遠村天邊獨樹高原一瓢顔回陋巷五
柳先生對門

桃紅復含宿雨柳綠更帶春煙花落家僮未掃
鸎啼山客猶眠

酌酒會臨泉水抱琴好倚長松南園露葵朝折
東舍黃粱夜舂

田家

舊穀行將盡良苗未可希老年方愛粥卒歲且無衣
雀乳青苔井鷄鳴白板扉柴車駕羸牸草屩牧豪
豨多雨紅榴折新秋綠芋肥餉田桑下憩旁舍草
中歸住處名愚谷何煩問是非豪杭本音

丁寓田家有贈

君心尚幽隱夂欲傍歸路在朝每爲言解印果成趣
晨鷄鳴鄰里群動從所務農夫行餉田閨婦起縫
素開軒御衣服散帙理章句時吟招隱詩或製閑居
賦新晴望郊郭日映桑榆暮陰盡一本作陰畫小苑城微明
渭川樹揆予宅閭井幽賞何由屢道存終不忘迹異
雖相遇此時惜離別再來芳菲度

輞川閑居

一從歸白社不復到青門時倚簷前樹遠看原上村青菰臨水映白鳥向山翻寂寞於陵子桔槹方灌園

積雨輞川莊作 七言

積雨空林烟火遅蒸藜炊黍餉東菑漠漠水田飛白鷺陰陰夏木囀黃鸝山中習静觀朝槿松下清齋折露葵野老與人争席罷海鷗何處更相疑

春園即事

宿雨乗輕屐春寒着弊袍開畦分白水間柳發紅桃草際成棊局林端舉桔槹還持鹿皮几日暮隱蓬蒿

渭川田家

斜光照墟落窮巷牛羊歸野老念牧童倚杖候
荊扉雉雊麥苗秀蠶眠桑葉稀田夫荷鋤立一本作至相
見語依依即此羨閑逸悵然歌式微

春中田園作

屋上春鳩鳴村邊杏花白持斧伐遠楊荷鋤覘泉
脉新一本作歸鷰識舊一本作故巢舊人看新曆臨觴忽
不御惆悵遠行客

淇上即事田園

屏居淇水上東野曠无山白日一本作日隱桑柘外河明閭井
間牧童望村去田犬隨人還靜者亦何事荊扉乗晝閑

過盧貟外宅看飯僧共題七韻

三賢異七聖青眼慕青蓮乞飯從香積裁衣學水田上人飛錫杖檀越施金錢趺坐簷前日焚香竹下煙寒空法雲地秋色淨居天身逐因緣法心過次第禪不須愁日暮自有一燈燃

過李揖宅

閑門秋草色終日無車馬客來深巷中犬吠寒林下散髮時未簪道書行尚把與我同心人樂道安貧者一罷宜城酌還歸洛陽社

與盧員外象過崔處士興宗林亭

緑樹重陰蓋四鄰青苔日厚自無塵科頭箕踞長松下白眼看他一本作君世上人

同前　盧象

映竹時聞轉轆轤當窻只見網蜘蛛主人非病常高卧環堵蒙籠一老儒

同前　王縉

身名不問十年餘老大誰能更讀書林中獨酌鄰家酒門外時聞長者車

同前　裴迪

喬柯門裏自成陰散髮空（一本作窻）中曾不簪逍遥且喜從吾事榮寵從來非我心

訓前　崔興宗

窮巷空林常閉關悠悠（一本作然）獨卧與前山今朝忽

枉埶生駕倒屣開門遥解顔

濟州過趙叟家宴

雖與人境接閉門成隱居道言莊叟事儒行魯人餘深巷斜暉靜閑門高柳疎荷鋤修藥圃散帙曝農書上客搖芳翰中厨饋野蔬夫君第高飲景晏出林閭

與盧象集朱家

主人能愛客終日有逢迎貰得新豐酒復聞秦女箏柳條疎客舍槐葉下秋城語笑且爲樂吾將達此生

過福禪師蘭若

巖壑傳微遲雲林隱法堂羽人飛奏樂天女跪焚香
竹外峯偏曙藤陰水更凉欲知禪坐久行路長春芳

飯覆釜山僧

晚知清靜理日與人群疎將候遠山僧先期掃弊廬
果從雲峯裏顧我蓬蒿居藉草飯松屑焚香看道
書燃燈晝欲盡鳴磬夜方初一悟寂爲樂此生閑有
餘思歸何必深身世猶空虛

謁璿上人一首 并序

上人外人內天不定不乱捨法而淵泊無心而雲動
色空無得不物物也默語無際不言言也故吾徒得
神交焉玄關大啓德海群泳時雨既降春物具美序

於詩者人百其言
少年不足言識道年已長事往安可悔餘生幸能養
誓從斷葷血不復嬰世網浮名寄纓佩空性無羈鞅
夙承大導師焚香此瞻仰頽然居一室覆載紛万象高
柳早鸎啼長廊春雨響牀下阮家屐窓前邛竹杖方
將見身雲陋彼示天壤一心在法要願以無生奬

青龍寺曇壁上人兄院集 并序

吾兄天開蔭中朝（一本作明）徹獨（一本作物）外以定力勝敵以惠
用解嚴深居僧坊傍俯人里高原陸地下映芙蓉之
池竹林果園中秀菩提之樹八極氛霽萬彙塵息
太虛寥廓南山為之端倪皇州蒼茫渭水貫於

天地經行之後跌坐而閑昇堂梵筵餌客香飯不起
而遊覽不風而清涼得世界於蓮花記文章於貝葉
時寧江大兄持片石命維序之

詩五韻　坐上成

高處敞招提虛空詎有倪坐看南陌騎下聽秦城雞
渺渺孤烟起芊芊遠樹齊青山万井外落日五陵西眼
界今無染心空安可迷

同前　王縉

林中空寂舍階下終南山高卧一牀上迴看六合間浮
雲幾處滅飛鳥何時還問義天人接無心世界閑誰
知大隱者兄弟自追攀

同前　王昌齡

本來清淨所竹樹引幽陰簷外含山翠人間出世心
圓通無有象聖境不能侵真是吾兄法何妨友弟
深天香自然會靈異識鐘音

同前　裴迪

靈境信為絶法堂出塵氛自然成高致向不看浮
雲逶迤峯岫列參差閭井分林端遠墟見風末踈
鐘聞吾師久禪寂在世超人群

黎拾遺昕裴迪見過秋夜對雨之作

促織鳴已急輕衣行向重寒燈坐高館秋雨聞踈
鐘白法調狂象玄言問老龍何人顧蓬逕空愧求

羊〔一本作牛〕蹤

晩春嚴少尹與諸公見過

松菊荒三逕圖書共五車烹葵邀上客看竹到貧家
鵲乳先春草鶯啼過落花自憐黄髮暮一信惜年
華

過乗如禪師蕭居士嵩丘蘭若

無着天親弟與兄嵩丘蘭若一峯晴食隨鳴磬巢鳥
下行踏空林落葉声迸水定侵香案濕雨花應共石
床平深洞長松何所有儼然天竺古先生

過感化寺曇興上人山院

暮持笻竹杖相待虎溪頭催客聞山響帰房逐水流

野花叢發好谷鳥一聲幽夜坐空林寂松風直似秋

同前　裴迪

不遠灞陵邊安居向十年入門穿竹逕留客聽山泉
鳥囀深林裏心閑落照前浮名竟何益從此願棲禪

夏日過青龍寺謁操禪師

龍鍾一老翁徐步謁禪宮欲問義心義遙知空病空
山河天眼裏世界法身中莫怪銷炎熱能生大地風

同前　裴迪

安禪一室內左右竹亭幽有法知不染無言誰敢酬
鳥飛爭向夕蟬噪已先秋煩暑自茲退清涼何所求

鄭果州相過

斜日照殘春初晴草木新牀前磨鏡客林一本作樹裏灌園人五馬驚窮巷雙童逐老身中廚辦麤飯當恣阮家貧

春日與裴迪過新昌里訪呂逸人不遇 七言

桃源一向絶風塵柳市南頭訪隱淪到門不敢題凡鳥看竹何須問主人城外青山如屋裏東家流水入西鄰閉戶著書多歲月種松皆作老龍鱗

同前　裴迪

恨不逢君出荷蓑青松白屋更無他陶令五男曾不有蔣生三逕任相過芙蓉曲沼春流滿薜荔成帷晚靄多聞說桃源好迷客不如高枕一本作臥眄庭柯

春過賀遂員外藥園

前年槿籬故今作藥欄成香草爲君子名花是長
卿水穿盤石透藤繫古松生畫畏開厨走來蒙倒
屣迎柘漿菰米飯蒟醬露葵羹頗識灌園意於陵
不自輕

過香積寺

不知香積寺數里入雲峯古木無人逕深山何處鍾
泉聲咽危石日色冷青松薄暮空潭曲安禪制毒龍

過崔駙馬山池

畫樓吹笛妓金椀酒家胡錦石稱貞女青松學大夫
脫貂貰桂醑射鴈與山厨聞道高陽會愚公谷正愚

河南嚴尹弟見宿弊廬訪别人賦十韻

上客能論道吾生學養蒙貧交世情外才子古人中冠上方簪一本作安豸車邊已畫熊拂衣迎五馬垂手憑雙童花醴一本作醪和松屑茶香透竹叢薄霜澄夜月殘雪帶春風古壁蒼苔黑寒山遠燒紅眼看東候别心事北山同爲學輕先輩何能訪老翁欲知今日後不樂爲車公

吴郡袁褧曾觀

王右丞集卷第四

王右丞集卷第五

尚書右丞贈祕書監王　維

送留别遊覽共九十五首

送魏郡李太守赴任

與君伯氏別又欲與君離君行無幾日當復隔山陂蒼茫秦川盡日落桃林塞獨卧一本作樹臨郊一本作關門黄河向天外前經洛陽陌宛路一本作洛故人稀故人離別盡淇上轉騤騑企予悲送遠惆悵睢陽路古木官渡平秋城鄴宮故想君行縣日其出從如雲遥思魏公子復憶李將軍

送祕書晁監還日本國

積水不可極安知滄海東九州何處去五里若乘空向國惟看日歸帆但信風鼇身映天黑魚眼射波紅鄉樹扶桑外主人孤島中別離方異域音信若爲通

送徐郎中

東郊春草色驅馬去悠悠況復鄉山外猿啼湘水流島夷傳露板江館候鳴騶卉服為諸吏珠官拜本州孤鸎吟遠墅野杏發山郵早晩方歸奏南中纔忌秋

送李判官赴江東

聞道皇華使方隨阜蓋臣封章通左語冠冕化文身樹色分揚子潮聲滿富春遥知辨璧吏恩到泣珠人

送康太守

城下滄江水江邊黄鶴樓朱闌將粉堞江水映悠悠鐃吹發夏口使君居上頭郭門隱楓岸候吏趍蘆洲何異臨川郡還來一本作勞康樂侯

送陸員外

郎署有伊人居然古人風天子顧河北詔書除征東
拜手辭上官緩步出南宮九河平原外七國薊門中
陰風悲枯桑古塞多飛蓬万里不見虜蕭條胡地空
無為費中國更欲邀奇功遲遲前相送握手嗟異同
行當封侯歸肯訪南山翁

送封太守

忽解羊頭削聊馳熊軾轓楊舲發夏口按節向吳門
帆映丹陽郭楓攢赤岸村百城多候吏露冕一何
尊

送王尊師歸蜀中拜埽　七言

大羅天上神仙客濯錦江頭花柳春不爲碧雞稱使
者唯令白鶴報鄉人

送崔五太守七言

長安廐吏來到門朱文露網動行軒黃花縣西九折
坂玉樹宮南五丈源褒斜谷中不容幰唯有白雲當
露冕子午山裏杜鵑啼嘉陵水頭行客飯劒門忽
斷蜀川開万井雙流滿眼來霧中遠樹刀州出天際
澄江巴字廻使君年幾三十餘少年白晳專城居欲
持畫省郎官草廻與臨邛父老書

送宇文太守赴宣城

寥落雲外山迢遞舟中賞鐃吹發西江秋空多清

響地逈古城蕪月明寒潮廣時賽敬亭神復解
罟師網何處寄相思南風吹（一本作搖）五兩

送嚴秀才還蜀

寧親爲令子似舅即賢甥別路經花縣還鄉入錦
城山臨青塞斷江向白雲平獻賦何時至明君憶長
卿

送李睢陽　雜言

將置酒思悲翁使君去出城東麥漸漸雉子班槐隂
隂到潼關騎連連車遲遲心中悲宋又遠周間之南
淮夷東齊兒碎碎織練與素絲（一本作縲）遊人賈客信難
持五穀前熟方可爲下車閉閤君當思天子當殿儼
衣裳太官尚食陳羽觴彤庭散綬垂鳴璫黃紙

詔書出東廂輕紈疊綺爛生光宗室子弟君最賢分憂當爲百辟先布衣一言相爲死何況聖主恩如天鑾聲噦噦魯侯旗一本作游明年上計朝京師須憶今日斗酒別愼勿富貴忘我爲

送張判官赴河西

單車曾出塞報國敢邀勳見逐張征虜今思霍冠軍沙平連白雪蓬卷入黃雲慷慨倚長劍高歌一送君、

送岐州源長史歸同在崔常侍幕時常侍已殁

握手一相送心悲安可論秋風正蕭索客散孟嘗門故驛通槐里長亭下菫原征西舊旌節從此向

衰

河源

送綦毋[一本作繁]校書棄官還江東

明時久不達棄置與君同天命無怨色人生有素
風念君拂衣去四海將安窮秋天万里靜日暮澄江
空清夜何悠悠扣舷明月中和光魚鳥際淡[一本作澹]尔
蒹葭叢無庸客昭世衰鬢日如蓬頑疎暗人事
僻陋遠天聰微物縱可採其誰爲至公今亦從此去
歸耕爲老農

送張道士歸山

先生何處去王屋訪茅君別婦留丹訣駈雞入白雲
人間若剩住天上復離群當作遼城鶴仙歌使尔聞

送元二使安西 七言

渭城朝雨裛輕塵客舍青青柳色春勸君更盡一杯酒西出陽關無故人 一作依依楊柳春

送六舅歸陸渾

伯舅吏淮泗卓魯方喟然悠哉自不競退耕東皐田條桑臘月下種杏春風前酌醴賦歸去共知陶令賢

送方尊師歸嵩山

仙官欲往九龍潭旄節朱幡倚石龕山壓天中半天上洞穿江底出江南瀑布杉松常帶雨夕陽彩翠忽成嵐借問迎來雙白鶴已曾衡岳送蘇耽

同崔興宗送瑗公

言從石菌閣新下穆陵關獨向池陽去白雲留故山綻衣秋日重褁洗鉢古松間一施傳心法唯將戒足還

同前崔興宗

行苦神亦秀泠然溪上松銅瓶與竹枝来自祝融峯常願入靈岳藏經訪遺蹤南歸見長老且為説心胷

送錢少府還藍田

草色日向好桃源人去稀手持平子賦目送老萊衣每候山櫻發時同海鷰歸今年寒食酒應得返柴扉

留別錢起

卑栖却得性每與白雲歸徇禄仍懷橘看山免採薇暮禽先去馬新月待開扉霄漢時豈自知音青

璵闐

送丘爲往唐州

宛洛有風塵君行多苦辛四愁連漢水百口寄隨人
槐色陰清晝楊花惹暮春朝端肯相送天子繡衣臣

留別[redacted]丘爲

歸鞍白雲外繚繞出前山今日又明日自知心不閑親
勞簪組送欲趁鵷花還一步一廻首遲遲向近關

送元中丞轉運江淮

薄稅一本作賦歸天府輕徭賴使臣歡沾賜帛老恩乃卷綃
人去問珠官俗來經石劫春東南高亭上莫使有風塵

送別

下馬飲君酒問君何所之君言不得意歸卧南山陲
但去莫復問白雲無盡時

送張五歸山

送君盡惆悵復送何人歸幾日同携手一朝先拂衣
東山有茅屋幸為埽荆扉當亦謝官去豈令心事違

齊州送祖三

相逢方一笑相送還成泣祖帳已傷離荒城復愁入
天寒遠山浄日暮長河急解纜君已遥望君猶佇
立

[redacted]

送別

送君南浦淚如絲君向東州使我悲為報故人顦顇盡
如今不似洛陽時

送崔九興宗遊蜀

送君從此去轉覺故人稀徒御猶迴首田園方掩扉出門當旅食中路授寒衣江漢風流地遊人何歲歸

送熊九赴任安陽

魏國應劉後寂寥文雅空漳河如舊日之子繼青風阡陌銅臺下閭閻金虎中送車盈灞上輕騎出關東相去千餘里西園明月同

送崔興宗

已恨親皆遠誰憐友復稀君王未西顧遊宦盡東歸塞闊一本作迥山河淨天長雲樹微方同菊花節相待洛陽扉

送縉雲苗太守

手疏謝名王簪章爲長吏方從會稽邸更發汝南騎
桉節下松陽清江響鐃吹露冕見三吳方知百城貴

送李太守赴上洛

商山包楚鄧積翠藹沉沉驛路飛泉灑關門落
照深野花開古戍行客響空林板屋春多雨山城
晝欲陰丹泉通虢略白羽抵荆岑若見西山爽應
知黄綺心

送從弟蕃游淮南

讀書復騎射帶劍游淮陰淮陰少年輩千里遠相
尋高義難自隱明時寧陸沉島夷九州外泉館

三山深席悵聊問罷丹服盡成擒歸來見天子拜爵
賜黃金忽思鱸魚鱠復有滄洲心天寒蒹葭渚日
落雲夢林江城下楓葉淮上聞秋砧送歸青門外
車馬去騷騷惆悵新豐樹空餘天際禽

送平淡然判官

不識陽關路新從定遠侯黃雲斷春色畫角起邊
愁瀚海經年別（一本作到）交河出塞流須令外國使知飲
月支頭

送孫秀才

帝城風日好況復建平家玉枕雙文簟金盤五色瓜山
中無魯酒松下飯胡麻莫厭田家苦歸期遠復賒

送韋評事一首 七言

欲逐將軍取右賢沙場走馬向居延遥知漢使蕭關外愁見孤城落日邊

送權二首

高人不可有清論復何深一見如舊識一言知道心明時當薄宦解薜去中林芳草空隱處白雲餘故岑韓侯久攜手河岳共幽尋悵別千餘里臨堂鳴素琴

送高道弟耽歸臨淮作 座上作

少年客淮泗落拓一作落魄居下邳遨遊向燕趙結客向一本作遍臨淄山東諸侯國迎送紛交馳自尔猒遊俠閉戶方垂帷深明戴家禮頗學毛公詩備知經濟道高卧陋

當時聖主詔天下賢人不得遺公吏奉纁組安車去茅茨君王蒼龍闕九門十二逵群公朝謁罷冠冕下丹墀野鶴終踉蹌威鳳徒參差或問理人術但致還山詞天書降北闕賜帛歸東菑都門謝親故行路日逶迤孤帆万里外渺一本作淼漫將何之江天海陵郡雲日淮南祠杳冥滄洲上蕩漭無人知緯蕭或賣藥出處安能期

送劉司直赴安西

絕域陽關道胡沙與塞塵三春時有鴈万里少行人苜蓿隨天馬蒲桃逐漢臣當令外國懼不敢覓和親

送別

聖代無隱者英靈盡來歸遂令東山客不得顧採
薇既至君（一本作金）門遠孰云吾道非江淮度寒食京洛縫
春衣置酒臨長道同心與我違行當浮桂棹未幾拂
荆扉遠樹帶行客孤城當落暉吾謀適不用勿謂
知音稀

靈雲池送從弟

金盃緩酌清歌轉畫舸輕移艷舞迴自歎鶺鴒臨水
別不同鴻鴈向池來

送趙都督赴代州　得青字

天官動將星漢地柳條青萬里鳴刁斗三軍出井陘忘
身辭鳳闕報國取龍庭豈學書生輩窗（一本作牖）間耆

一經

臨高臺送黎拾遺

相送臨高臺川原杳何極日暮飛鳥還行人去不息

送方城韋明府

遙想（一本作思）葭菼際寥落楚人行高鳥長淮水平蕪故郢城使車聽雉乳縣鼓應雞鳴若見州從事無嫌手板迎

送李員外賢郎

少年何處去負米上銅梁借問阿戎父知爲童子郎魚牋請詩賦橦布作衣裳薏苡扶衰病（一本作疾）歸來幸可將

送梓州李使君

万壑樹參天千山響杜鵑山中一半雨樹杪百重泉漢女輸橦布巴人訟芋田文翁翻教授不敢倚先賢

送楊少府貶郴州 七言

明到衡山與洞庭若為秋月聽猿聲愁君北渚三相客悪説南風五兩輕青草瘴時過夏口白頭浪裏出湓城長沙不久留才子賈誼何須弔屈平

送張五諲歸宣城

五湖千萬里況復五湖西漁浦南陵郭人家春穀溪欲歸江淼淼未到草萋萋憶想南（一本作蘭）陵鎮可宜猿更啼

送友人南歸

萬里春應盡三江鴈亦稀連天漢水廣孤客郢城
歸郎國稻苗秀楚人菰米肥懸知倚門望遙識老萊衣

送賀遂員外外甥

南國有歸舟荆門泝上流蒼茫葭菼外雲水與
昭丘檣帶城烏去江連暮雨愁猿聲不可聽莫
待楚山秋

送楊長史赴果州

褒斜不容幰之子去何之鳥道一千里猿啼十二時官
橋祭酒客山木女郎祠別後同明月君應聽子規

送張舍人佐江州同薛據　走筆成

束帶趨承明守官唯謁者清晨聽銀虬薄暮

辭金馬受辭未嘗易當御方知寡清範何風流
高文有風雅忽佐江上州當自潯陽下逆旅到三湘
長途應百舍香爐遠峯出石鏡澄湖瀉董鳳
杏成林陶潛菊盈把范蠡常好之廬山我心也送
君思遠道欲以數行灑

送韋大夫東京留守

人外遺世慮空端結遐心曾是巢許淺始知堯舜深蒼
生詎有物黃屋如喬林上德撫神運冲和穆衣一本作宸
襟雲雷康屯難江海遂飛沈天工寄人英龍袞澹
一本作瞻君臨名器苟不假保釐固其任素資一本作質貫方一本作芳
領清景照華簪慷慨念王室從容獻官箴雲旗

敞（一本作斂）三川晝角發龍吟晨揚天漢聲夕卷大河陰
窮人業巳寧逆虜遺之擒然後解金組拂衣東山
岑給事黃門省秋光正沉沉壯心與身退老病隨年
侵君子從相訪重玄其可尋

送刑桂州一首

鐃吹喧京口風波下洞庭赭圻將赤岸擊汰復揚舲日
落江湖白潮來天地青明珠歸合浦應逐使臣星

送宇文三赴河西充行軍司馬

橫吹雜繁鼓（一本作笳）邊風卷塞沙還聞田司馬更逐李
輕車蒲壘成秦地莎居（一本作丘）屬漢家當令犬戎國朝
聘學昆耶

送別一首

山中相送罷日暮掩柴扉春草明年綠王孫歸不歸

資聖寺送甘二

浮生信如寄薄宦夫何有來往本無歸別離方此受栁色藹春餘槐陰清夏首不覺御溝上銜悲執杯酒

送孫二

郊外誰相送夫君道術親書生鄒魯客才子洛陽人祖席依寒草行車起暮塵山川何寂寞長望淚沾巾

送崔三往密州覲省

南陌去悠悠東郊不少留同懷扇枕戀獨念倚門愁路遶天山雪家臨海樹秋魯連功未報且莫蹈滄洲

送沈子福江東

楊柳渡頭行客稀罟師盪槳向臨圻唯有相思似春色江南江北送君歸

送丘為落第歸江東

憐君不得意況復柳條春為客黄金盡還家白髮新五湖三畝宅万里一歸人知祢（一本作稱）不能薦羞為獻納臣

留別山中温古上人兄并示舍弟縉

解薜登天朝去師偶時哲豈惟山中人兼負松上月夙昔同遊止致身雲霞末開軒臨潁陽臥視飛鳥沒好依盤石飯屢對瀑泉歇理齊少狎隱道勝寧

外物舍弟官崇高宗兄此削髮荆扉但洒掃乘閑當過拂

觀別者

青青楊柳陌陌上別離人愛子遊燕趙高堂有耆親不行無可養行去百憂新切切委兄弟依依向四鄰都門帳飲畢從此謝親賓揮涕逐前侶含悽動征輪車從望不見時時（一本作見）起行塵余（一本作許）亦辭家久看之淚滿巾

別弟縉後登青龍寺望藍田山

陌上新別離蒼茫四郊晦登高不見君故山復雲外遠樹蔽行人長天隱秋塞心悲宦遊子何處飛征蓋

別輞川別業

依遲動車馬惆悵出松蘿忍別青山去其如淥水何

同前

山月曉仍在林風涼不絕慇懃如有情惆悵令人別

別弟妹二首

兩妹日成長雙鬟將及人已能持寶瑟自解掩羅巾

念昔別時小未知疎與親今來始離恨拭淚方慇懃

小弟更孩幼歸來不相識同居雖漸慣見人猶未覔

宛作越人語殊甘水鄉食別此最爲難淚盡有餘憶

崔九弟欲往南山馬上口号與別 五言

城隅一分手幾日還相見山中有桂花莫待花如霰

同前　裴迪

歸山深浅去湏盡丘壑美莫學武陵人蹔遊桃源裏

留别崔興宗

駐馬欲分襟清寒御溝上前山景氣佳獨往還惆悵

别綦毋潜

端笏明光宮歷稔朝雲陛詔看延閣書高議平津邸適意輕嶶（一本作偶）人虛心削煩禮盛得江左風弥工建安躰高張多絶絃截河有清濟嚴冬爽群木伊洛方清泚渭水氷下流潼關雪中啓荷蓧幾時還塵纓待君洗

新晴晩望

新晴原野曠極目無紛（一本作氛）垢郭門臨渡頭村樹連溪

口白水明田外碧峯出山後農月无閑人傾家事南
畝

漢江臨汎

楚塞三湘接荆門九派通江流天地外山色有无中郡
邑浮前浦波瀾動遠空襄陽好風日留醉與山翁

登辨覺寺

竹逕從初地蓮峯出化城窻中三楚盡林上九江平軟
草承趺坐長松響梵声空居法雲外觀世得无生

凉州郊外遊望

野老才三戸邊村少四鄰婆娑依里社簫鼓賽
田神洒酒澆芻狗焚香拜木人女巫紛屢舞羅襪

自生塵

觀獵詩

風勁角弓鳴將軍獵渭城草枯鷹眼疾雪盡馬
蹄輕忽過新豐市還歸細柳營廻看射鵰處一作[illegible]
千里暮雲平

遊感化寺

翡翠香煙合瑠璃寶地平龍宮連棟宇虎穴傍
簷楹谷靜唯松響山深无鳥聲瓊峯當户拆
金澗透林明郢路雲端逈秦川雨外晴鴈王銜果
獻鹿女踏花行抖擻辭貧里歸依宿化城繞籬
生野蕨空館發山櫻香飯青菰米嘉蔬綠芋羹

皆陪清梵末端坐學無生

遊悟真寺　　　王縉

聞道黄金地仍開白玉田擲山移巨石呪嶺出飛泉猛虎同三逕愁猿學四禪買香燃緑桂乞火踏紅蓮草色揺霞上松聲泛月邊山河窮百二世界滿三千梵宇聊遐視王城遂眇然灞陵才出樹渭水欲連天遠縣分諸（一本作集）郭孤村起白煙望雲思聖主披霧憶群賢薄宦慙尸素終身擬尚玄誰知草庵客曾和栢梁篇

寒食城東即事　七言

清溪一道穿桃李演漾緑蒲涵白芷溪上人家凡幾

家落花共落東流水蹴踘屢過飛鳥上鞦韆競出垂楊裏少年分日作遨遊不用清明兼上巳

春日上方即事

好讀高僧傳時看辟穀方鳩形將刻杖龜殼用支牀柳色春山映梨花一本作花名夕鳥藏北窓桃李下閑坐但焚香

晦日遊大理韋卿城南別業四聲依次用各六韻

與世淡無事自然江海人側聞塵外遊解弁託朱輪極一本作平野昭一本作照暄景上天垂春雲張組共曲一本作竟七阜流舟過東鄰故鄉信高會牢醴及家臣一本作生限幸同擊壤樂心荷堯爲君

郊居杜陵下永日同攜手人里藹川陽平原見峯首
園廬鳴春鳩林薄媚新柳上卿始登席故老前爲
壽臨當遊南陂約略執盃酒歸轍繼微官惆悵心自咎
冬中餘雪在墟上春流駛風日暢懷抱山川好天氣彫
胡先豐酌（一本作晨）庖膾亦雲（一本作復）至高情浪海岳浮生
寄天地君子外簪纓埃塵良不啻所樂衡門中陶
然忘其貴
高館臨澄陂曠望（一本作然）蕩心目淡（一本作瀲）蕩動雲天玲
瓏映墟曲鵲巢結空林雉雊響幽谷應接無閑暇
徘徊以躑躅紆組上春堤側弁倚喬木弦望忽已晦
後期洲應綠

冬日遊覽一首

步出城東門試騁千里目青山橫蒼林赤日團平陸渭北走邯鄲關東出函谷春池（一本作秦地）万方會來朝九州牧雞鳴咸陽中冠蓋相追逐丞相過列侯群公餞光祿相如方老病獨歸茂陵宿

汎前陂

秋空自明迥況復遠人間暢以沙際鶴兼之雲外山澄波淡淡（一本作澹澹）將夕清月皓方閑此夜任孤棹夷猶殊未還

遊李山人所居因題屋壁

世上皆如夢狂來或自歌問年松樹老有地竹林多

藥倩韓康賣門容尚子過翻嫌枕上席無那白雲何

與蘇盧二員外期遊方丈寺而蘇不至因有是作

共仰頭陁行能忘世諦情迴看雙鳳闕相去一牛鳴法向空林說心隨寶地平手巾花氎淨香帔稻畦成聞一本作聞道邀同舍相期宿化城安知不來往翻以得一本作得似無生

登河北城樓作

井邑傳一本作傅巖上客亭雲霧閒高城眺落日極浦映蒼山岸火孤舟宿漁家夕鳥還寂寥天地暮心與廣川閑

登裴迪秀才小臺作

端居不出戶滿目望雲山落日鳥邊下秋原人外閑

遥知遠林際不見此簷間好客多乗月應門莫上關

王右丞文集巻第五

王右丞文集巻第六　行旅　雑題　哀傷　共八十九首

尚書右丞贈祕書監王　維

曉行巴峽

際（一作綵）曉投巴峽餘春憶帝京晴江一女浣朝日衆雞（一本鷄）鳴水國舟中市山橋樹杪行登高万井出眺迥二流明人作殊方語鶯為舊國聲賴多山水趣稍解別離情

出塞作　時為監察塞上作

居延城外獵天驕白草連天野火燒暮雲空磧時驅

遼玉靶角弓珠勒馬漢家將賜霍嫖姚

自大散已往深林密竹蹬道盤曲四五十里至
黄牛嶺見黄花川

危逕幾万轉數里將三休迴環見徒侶隱暎隔林丘
颯颯松上雨潺潺石中流静言深溪裏長嘯高山頭望
見南山陽白日靄悠悠青臯麗已淨緑樹鬱如浮
曽是猒蒙密曠然消人憂一作南陽川

被出濟州

微官易得罪謫去濟州陰執政方持法明君無此
心閭閻河潤上井邑海雲深縦有歸來日各愁年
鬢侵

休假還舊業便使

謝病始告歸依依入桑梓家人皆佇立相候衡門裏時輩皆長年成人舊童子上堂嘉慶畢顧與姻親齒論舊忽餘悲目存且相喜田園轉蕪沒但有寒泉水衰栁日蕭條秋光清邑里入門乍如客休騎非便止中飯顧王程離憂從此始

早入滎陽界

汎舟入滎澤茲邑乃雄藩河曲閭閻隘川中煙火繁因人見風俗入境聞方言秋田晩（一本作野田）疇盛朝光市井喧漁商波上客雞犬岸傍村前路白雲外孤帆安可論

寒食汜中作（一本作上）

廣武城邊逢暮春汶陽歸客淚沾巾落花寂寂啼山鳥楊柳青青渡水人

宿鄭州

朝與周人辭暮投鄭人宿他鄉絕儔侶孤客親童僕宛洛望不見秋霖晦平陸田父草際歸村童雨中牧主人東皋上時稼充（一本作遶）茅屋蟲思機杼鳴（一本作）雀喧禾黍熟明當渡京水昨晚猶金谷此去欲何言窮邊徇微祿

千塔主人

逆旅逢佳節征帆未可前窗臨汴河水門渡楚人船

雞犬散墟落桑榆蔭遠田所居人不見枕帶生雲
烟

使至塞上

單車欲問邊屬國過居延征蓬出漢塞歸鴈入胡天
大漠孤煙直長河落日圓蕭關逢候吏都護在燕
然

渡河到清河作

汎舟大河裏積水窮天涯天波忽開拆郡邑千万家
行復見城市宛然有桑麻迴瞻舊鄉國淼漫連
雲霞

苦熱

赤日滿天地火雲成山岳草木盡燋卷川澤皆竭涸
輕紈覺衣重密樹苦陰薄莞簟不可近絺綌再

三灌思出宇宙外曠然在寥廓長風万里來江海
蕩煩濁却顧身爲患始知心未覺忽入甘露門宛
然清涼樂

納涼

喬木万餘株清流貫其中前臨大川口豁達來長
風漣漪涵白沙素鮪如遊空偃臥盤石上翻濤沃
微躬漱流復濯足前對釣魚翁貪餌凡幾許徒
思蓮葉東

濟上四賢詠三首崔録事一首

解印歸田里賢哉此丈夫少年曾任俠晚節更爲
儒遁世東山下因家滄海隅已聞能狎鳥余欲共乗桴

成文學一首

寶劍千金裝登君白玉堂身爲平原客家有邯鄲倡使氣公卿座論心遊俠場中年不得志謝病客遊梁

鄭霍二山人一首

翩翩繁華子多出金張門幸有先人業早蒙明主恩童年且未學肉食鶩華軒豈乏中林士無人獻（一本作薦）至尊鄭公老泉石霍子安丘樊盡賣藥不二價著書盈万言息陰無惡木飲水必清源吾賤不及議斯人竟誰論

偶然作六首

楚國有狂夫茫然無心想散髮不冠帶行歌南陌上
孔丘與之言仁義莫能奬未嘗肯問天何事須擊
壤復笑採薇人胡爲乃長往
田舍有老翁垂白衡門裏有時農事閑斗酒呼鄰里
喧聒茅簷下或坐或復起短褐不爲薄園葵固足美
動則長子孫不曾向城市
五帝與三王古來稱天（一本作君）子干戈將揖讓畢竟何
者是得意苟爲樂野田安足鄙且當放（一本作忘）懷去行
行沒餘齒
日夕見太行沉吟未能去問君何以然世網嬰我故
小妹日成長兄弟未有娶家貧祿既薄儲蓄非有

素幾迴欲奮飛踟蹰復相顧孫登長嘯臺松竹有遺
處相去詎幾許故人在中路愛染日已薄禪寂日已
固忽乎吾將行寧俟歲云暮
陶潛任天真其性頗耽酒自從弃官來家貧不能有
九月九日時菊花空滿手中心竊自思儻有人送否
白衣擕壺觴果來遺老叟且喜得斟酌安問升與斗
奮衣野田中今日嗟無負兀傲迷東西蓑笠不能守
傾倒強行行酣歌歸五柳生事不曾問肯媿家
中婦
趙女彈箜篌復能邯鄲舞夫壻輕薄兒鬬鷄事齊
主黄金買歌笑用錢不復數許史相經過髙門盈

四壯客舍有儒生昂藏出鄒魯讀書三十年腰下無尺組被服聖人教一生自窮苦

老來懶賦詩惟有老相隨宿世謬詞客前身應畫師不能捨餘習偶被世人知名字本習離（一本作皆是）此知還不知

西施詠

艷色天下重西施寧久微朝爲溪越女暮（一本作暝）作吳宮妃賤日豈殊衆貴來方悟稀邀人傅脂粉不自着羅衣君寵益嬌態（一本作恣）君憐無是非當時浣沙伴莫得同車歸持謝鄰家子效顰安可希

李陵詠　時年十九

漢家李將軍三代將門子結髮有奇策少年成壯士
長驅塞門一本作上見深入單于壘旌旗列相向簫鼓悲
何已日暮沙漠陲戰声煙塵裏將令驕虜滅豈獨名
王侍既失大軍援遂嬰穹廬恥少小蒙漢恩何堪
坐思此深衷欲有報投軀未能死引領望子卿非
君誰相理

鷲子龕禪師

山中鷲子龕路劇羊腸惡裂地競盤屈插天多峭崿
瀑泉吼而噴怪石看欲落伯禹訪未知五丁愁不鑿
上人無生緣生長居紫閣六時自搥磬一飲常帶
索種田燒白雲斫漆響丹壑行隨拾栗猿歸

對巢松鶴時許山神請偶逢洞仙博救世多慈悲
即心無行作周商倦積阻蜀物多淹泊巖腹乍旁
穿㵎脣時外拓橋因倒樹架柵値垂藤縛鳥道
悉已平龍宮爲之涸跳波誰揭厲絶壁免捫摸山木
日陰陰結跏歸舊林一向石門裏任君春草深

息夫人 時年二十

莫以今時寵能一本作難忘舊日恩看花滿眼淚不共楚
王言

班婕妤三首

玉窻螢影度金殿人聲絶秋夜守羅帷孤燈耿不滅
宮殿生秋草君王恩幸疎那堪聞鳳吹門外度金輿

恠來粧閣閉朝下不相迎惣向春園裏花間語笑聲

晚春閨思

新粧可憐色落日巻羅帷鑪氣清珍簟墻陰上
玉墀春蟲飛網户暮雀隱花枝向晚多愁思閒牕
桃李時

羽林騎閨人

秋月臨高城城中管絃思離人堂上愁稚子堦前戲
出門復映户望望青絲騎行人過欲盡狂夫終不至
左右寂無言相看共垂淚

戲題示蕭氏外甥

憐尔解臨池渠爺未學詩老夫何足似獘宅儻因之

蘆笋穿荷葉菱花罥鴈兒郄（一本作卻）公不易勝莫着
外家欺

冬夜書懷

冬宵寒且永夜漏宮中發草白靄繁霜木衰澄清
月麗服暎頽顔朱燈照華髮漢家方尚少顧影慙
朝謁

秋夜獨坐

獨坐悲雙鬢空堂欲二更雨中山果落燈下草蟲鳴
白髮終難変黄金不可成欲知除老病惟有學無生

不遇詠

北闕献書寝不報南山種田時不登百人會中身不

預五侯門前心不能身投河朔飲君酒家在茂陵平
安否且共登山復臨水莫問春風動楊柳今人作（本作非）人多
自私我心不説君應知濟人然後拂衣去肯作徒尔一男兒

待儲光羲不至

重門朝已啓起坐聽車聲要欲聞清佩方將出户迎
晩鐘鳴上苑踈雨過春城了自不相顧臨堂復空情

聽宮鶯

春樹遶宮牆宮鶯囀曙光忽驚啼暫斷移處弄還長
隱葉棲承露排花出未央遊人未應返為此故思鄉

聽百舌鳥

上蘭門外草萋萋未央宮中花裏棲亦有相隨過御

苑不知若箇向金隄入春解作千般語拂曙能先百
鳥啼万户千門應覺曉建章何必聽鳴雞

題友人雲母障子 時年十五

君家雲母障持向野庭開自有山泉入非因彩畫來

賦得清如玉壺冰 京兆府試時年十九

藏冰玉壺裏冰水類方諸未共銷丹日還同照綺疏
抱明中不隱含淨外疑虚氣似庭霜積光言砌月餘
曉凌飛鵲鏡宵映聚螢書若向夫君比清心尚不如

劇嘲史寰

清風細雨濕梅花驟馬先過碧玉家正值楚王宮裏
至門前初下七香車 一本作適自楚王

紅牡丹

緑艶閑且静紅衣浅復深花心愁欲断春色豈知心

左掖梨花詠

閑灑堦邉草軽隨箔外風黄鶯弄不足銜入未央宮

同前　丘為

冷艶全欺雪餘香乍入衣春風且莫定吹向玉階飛

同前　皇甫冉

巧解迎人笑偏能乱蝶飛春風時入户幾片落朝衣

早朝二首

皎潔明星高蒼茫遠天曙槐霧欝不開城鴉鳴稍

去始聞高閣聲莫辨更衣處銀燭已成行金門
儼騶馭
柳暗百花明春深五鳳城城鴉一本作烏睥睨曉宮井
轆轤聲方朔金門侍一本作待班姬玉輦迎仍聞遣
方士東海訪蓬瀛

菩提寺禁裴迪來相看說逆賊等凝碧
池上作音樂供奉人等舉聲便一時淚下
私成口号誦示裴迪

萬户傷心生野煙百官一本作寮何日更朝天秋槐葉落
空宮裏凝碧池頭奏管弦

口号又示裴迪

安得捨塵網拂衣辭世喧悠然策藜杖歸向桃花源

春日直門下省早朝

騎省直明光雞鳴謁建章遙聞侍中珮闇識令君香玉漏隨銅史天書拜夕郎旌旗映閶闔歌吹滿昭陽官舍梅初紫宮門柳欲黄願將遲日意同與聖恩長 一作令公

愚公谷三首青龍寺與黎昕戲題

愚谷與誰去唯將黎子同非須一處住不郷 一本作群 兩心空寧問春將夏誰論西復東不知吾與子若箇是愚公

愚 一本作吾 家愚谷裏此谷本來平雖則行無跡還能

響應聲不隨雲色暗只待日光明緣底名愚谷都
由愚所成
借問愚公谷與君聊一尋不尋翻到谷此谷不離心
行歎曾無險看時豈有深寄言塵世客何歎欲
歸（一本作窺）林

寓言二首

朱紱誰家子無乃金張孫驪駒從白馬出入銅龍門
問尔何功德多承明主恩鬬雞平樂館射雉上林園
曲陌車騎盛高堂珠翠繁奈何驕軒冕（一本作軒冕貴）不與
布衣言
君家御溝上垂柳夾朱門列鼎會中貴鳴珂朝至

尊生死在八議窮達由一言須識苦寒士莫矜狐白溫

雜詩五首

朝因折楊柳相見洛城隅楚國無如妾秦家自有夫
對人傳玉腕一本作婉映竹解羅襦人見東方騎皆言夫
婿殊持謝金吾子煩君提玉壺
雙鸞初命子五桃新作花王昌是東舍宋玉次西家
小小能織綺時時出浣紗親勞使君問南陌駐香車
家住孟津河門對孟津口常有江南船寄書家
中否君自故鄉來應知故鄉事來日綺窗前寒
梅着花未已見寒梅發復聞啼鳥聲心心視春
草畏向階前生

獻始興公 時拜右拾遺

寧棲野樹林寧飮澗水流不用坐良肉崎嶇見王侯鄙哉匹夫節布褐將白頭任智誠則短守仁固其優側聞大君子安問黨與讎所不賣公器動爲蒼生謀賤子跪自陳可爲帳下不感激有公議曲私非所求

上張令公

珥筆趨丹陛垂璫上玉除步簷青瑣闥方幰畫輪車市閱千金字朝開五色書致君光帝典薦士滿公車伏奏迴金駕横經重石渠從茲罷角抵希復幸儲胥天統知堯後王章笑魯初匈奴遥俯伏漢相儼簪裾賈生非不遇汲黯自堪疎學易

思求我言詩或起予嘗從大夫後何惜隸人餘

崔興宗寫真詠

畫君年少時如今君已老今時新識人知君舊時好

山茱萸

朱實山下開清香寒更發幸與叢桂花窗前向秋月

涼州賽神

涼州城外少行人百尺峰頭望虜塵健兒擊鼓吹羌笛共賽城東越騎神

哭殷遙二首

人生能幾何畢竟歸無形念君等爲死萬事傷

人情慈母未及葬一女纔十齡泱漭寒郊外蕭條聞哭聲浮雲為蒼茫飛鳥不能鳴行人何寂寞白日自淒清憶昔君在時問我學無生勸君苦不早令君無所成故人各有贈又不及平生負尔非一途慟哭返柴荆

送君返葬石樓山松栢蒼蒼賓馭還埋骨白雲長已矣空餘流水向人間

哭孟浩然 時為殿中侍御史知南選至襄陽有作

故人不可見漢水日東流借問襄陽老江山空蔡州

哭褚司馬

妄識皆心累浮生定死媒誰言老龍吉未免伯牛

災故有求仙藥仍餘遁俗枉山川秋樹苦窻戶夜泉哀尚憶青騾去寧知白馬來漢臣修史記莫蔽褚生才

過沈居士山居哭沈居士

楊朱來此哭桑扈返於真獨自成千古依然舊四鄰閑簷喧鳥雀故榻滿埃塵曙月孤鸎囀空山五柳春野花愁對客泉水咽迎人善卷明時隱黔婁在日貧逝川嗟尔命丘井歎吾身前後徒言隔相悲詎幾晨

哭祖六自虛　時年十八

否極常聞泰嗟君獨不然憫凶纔稚齒羸疾至中

年餘力文章秀生知禮樂全翰留天帳覽詞入帝宮傳國許終軍少人知賈誼賢公卿盡虛左朋識共推先不恨依窮轍終期濟巨川才雄望羔鴈壽促背貂蟬福善聞前錄殲良昧上玄何辜鎩鸞翮何事與（一本作至）龍泉鵩起長沙賦麟終曲阜編城中君道廣海內我情偏乍失疑猶見沉思悟絶緣生前不忍別死後向誰宣為此情難盡弥令憶更纏本家清渭曲歸葬舊塋邊求去長安道徒聞京兆阡旌車出郊甸鄉國隱雲天定作無期別寧同舊日旋候門家屬苦行路國人憐送客哀終進征途哭（一本作復）前贈言為挽曲奠席是離筵念昔同攜手風期不

蹔指南山俱隱逸東洛類神仙未省音容間那堪
生死遷花時金谷飲月夜竹林眠滿地傳都賦傾
朝看藥舡群公咸屬目微物敢齊肩謬合同人旨
而將玉樹連不期先挂劍長恐後施鞭爲善吾無
矣知音子絶焉琴聲縱不没終亦斷悲絃

歎白髮二首

我年一何長鬢髮日已白俛仰天地間能爲幾時客
惆悵故山雲徘徊空日夕何事與時人東城復南陌
宿昔朱顔成暮齒須臾白髮變垂髫一生幾許傷
心事不向空門何處銷

過秦始皇墓 時年十五

古墓成蒼嶺幽宮象紫臺星辰七曜隔河漢九泉開有海人寧渡無春鴈不迴更聞松韻切疑是大夫哀

故太子太師徐公挽歌四首

功德冠群英弥綸有大名軒皇用風后傅説是星精就第優遺老來朝詔不名留使當辟穀何苦不長年謀猷爲相國翊賛奉乘輿劒履昇前殿貂蟬託後車齊侯疏土宇漢室頼圖書僻處留田宅仍纔十頃餘舊里趍庭日新年置酒晨聞詩鸞渚客獻賦鳳樓人北首辭明主東堂哭大臣猶思御朱輅不惜汗車茵乆踐中台座終登上將壇　斷車騎

空憶盛衣冠風日咸陽慘茄簫渭水寒無人當便闕
應罷太師官

故西河郡杜太守挽歌三首

天上去西征雲中護北平生擒白馬將連破黑鵰城忽見
芻靈善一本作苦徒聞竹使榮空留左氏傳誰繼卜商名
返葬金符守同歸石窌妻卷衣悲畫翟持翣待
鳴雞容衛都人慘山川駟馬嘶猶聞隴上客相對
哭征西
塗芻去國門祕器出東園太守留金印夫人罷錦軒
旌旗轉衰木簫鼓上寒原墳樹應西靡長思
魏闕恩

故南陽夫人樊氏挽歌二首

錦衣餘翟蔽（一本作茀）繡轂罷魚軒淑女詩長在夫人法尚存凝笳隨曉旆行哭向秋原歸去將何見誰能返戟門

右窌恩榮重金吾車騎盛將朝每贈言入室還相敬疊鼓秋城動懸旌寒日映不言長不歸環珮猶將聽

達奚侍郎夫人寇氏二首（一本上無此下七首）

束帶將朝日鳴環映牖辰能令諫明主相勸識賢人遺挂空留壁迴文日覆塵金蠶將畫柳何處更知春

女史悲彤管夫人罷錦軒卜塋占二室行哭度千門秋日光能淡（一本作澹）寒川波自翻一朝成万古松柏暗平原

恭懿太子挽歌五首

何悟藏環早纔知拜璧年沖天王子去對日聖君憐樹轉宮猶出笳悲馬不前雖蒙絶馳道京兆别門阡

蘭殿新恩一本作哀切椒宮夕臨幽白雲隨鳳管明月在龍樓人向青山哭天臨渭水愁雞鳴常問膳今恨玉京留

騎吹凌霜發旌旗夾路陳禮容金節護冊命玉符新傳毋悲香褓君家擁畫輪射熊今夢帝秤象問何人

蒼舒留帝寵子晉有仙才五歲過人智三天使鶴催心悲四禄館目斷望思臺若道長安近何為更不來

西望昆池闊東瞻下杜平山朝豫章館樹轉鳳凰城

五校連旗色千門疊鼓聲金環如有驗還向畫堂生

王右丞文集卷第六

韋蘇州詩韻高而氣清王右丞詩格老而味長雖皆五言之宗匠然互有得失不無優劣以標韻觀之右丞遠不逮蘇州至其詞不迫切而味甚長雖蘇州亦不及也

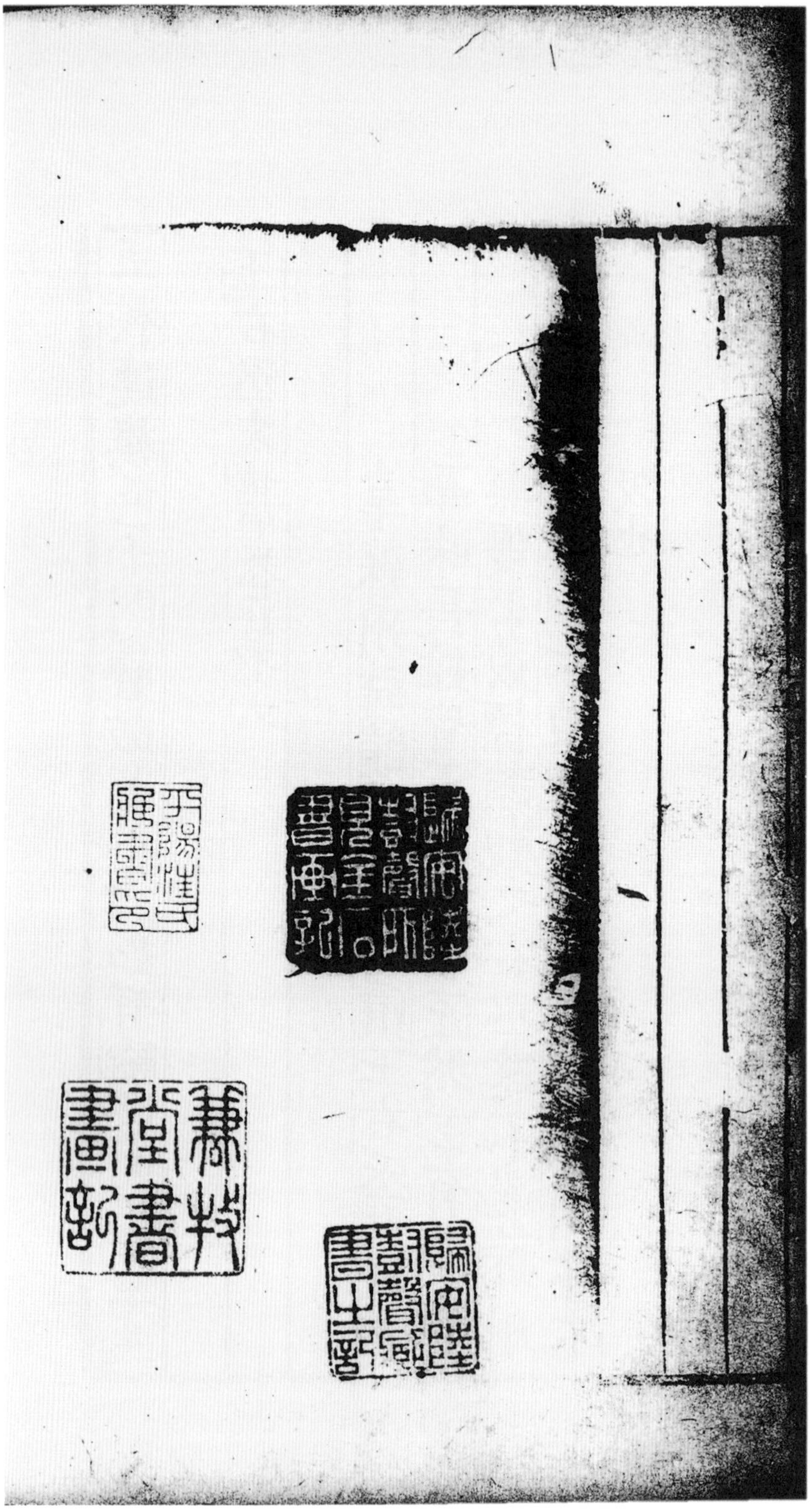

射

第六卷第二首出塞作脱一行計二十一字今据時刻補馬秋日平
原好射雕護羌校尉朝乘障破虜將軍夜渡此宋刻之誤不可掩者
辛酉秋立　蕘圃氏丕烈識

下
199
2
5 15

王右丞文集卷第七

表狀露布共二十首

尚書右丞贈祕書監王　維

表狀

賀古樂器表

臣某[illegible]言今月七日中書門[illegible]

[illegible]月一十日[illegible]嵩洪

因[illegible]臣一老人去旦[illegible]山[illegible]

中[illegible]冒山疑山於[illegible]石

[illegible]丘野者[illegible]所自

姓捉獲汝可往
皇帝每祈祭但依方安置之即五音自和天仙西
神應聲降福所必遂壽命延長自奉神言即
往桂陽尋問百姓去天寶二載村人常見有五野
猪逐之便走入石室就裏覓化爲古物五枚衆共驚
異自取以扣之 律相和與神人言不異今將奉
進者
臣聞陰陽不測之謂神變化無方之謂聖唯神與
聖感而遂通伏惟
開元天寶聖文神武應道皇帝陛下居皇建之極
中得混成之大道奉先天之聖祖玄化協於無爲育

率土之群生至仁倬於陰隲然猶精意不倦聖祀逾崇遍禮群仙思祐九服故得尨眉皓髮通同入卯之人眞訣玄言來告馭風之客捿身上雍以俟唐堯藏樂九疑不傳虞舜留茲石室思獻玉塤焉惡野象以呈形表洞仙之屬意且神物思變古亦有之龍躍平津寶以爲寶劒鳧飛葉縣空餘素履器非之品人纔下仙猶能精誠聿修神變凌若況躋庭致既天老劾牢洞械至尊以享上帝亦既考擊動諧律呂韶護慙壯九奏雲咸失其八音翠鳳入於洞簫殊非雅頌朱鷺傳於鼙鼓敢比仙聲天地同和神祇降福無窮之壽永撫寶圖無疆之休以康寧績實由至

德斯感大道玄通神人親告於休徵靈仙不祕其空
樂揺之古昔寳未見聞臣等限以留司不獲隨
例抃舞不任踴躍喜慶之至　敎
臣某言伏見上當都奏皆聖祖大道玄
元皇帝玉石真容三上聖容八月五日三元齋開
光明其日成後道士陳希玉等十三人同朝礼見殿
内有光非當照耀夂開殿門其光弥盛滿堂如晝夂
方散其時檢校官及押官等皆共瞻覩者吕閗仙祖
行化眞氣臨開聖人降生祥光滿室固知仙聖必有
景光伏惟

開元天地大寶聖文神武應道皇帝陛下大道爲心上元同躰扶風雲之質欽想猶龍寫日月之儀欽承大象仍迴舊邸以奉清都眞容聖容旣明四目照殿照室忽類三光縈宮自明初謂上天無夜桂殿如晝還疑就日而朝琪樹韜華瑤池奪映實由陛下弘敷本際大啓玄宗明君潤色於眞源聖祖和光於帝載表文明之社御六合以清知臨照之無疆億載多慶臣等限以留司不獲隨例抃舞無任踴躍喜慶之至

賀神兵助取石堡城表

臣某等言伏奉中書門下牒伏見絳郡太平縣百

姓王英杞狀稱去載七月於方春鄉界頻見聖祖空
中有言曰我以神兵助取石堡城當時具經郡縣陳
說並有文狀申奏訖今載正月又於舊處再見云
我昔於梓州威洞造一龕尊像在獨坐山東北公成山左
側年代已遠其處傾陷像在土中可報吾孫令人往取斯
乃蒼生之福因祚無疆者近奉進止差直省往彼求
覓昨見梓潼郡奏稱去年某月二十六日郡縣官吏并道
士父老百姓等一千餘人與直省李乃悳依此尋求其
日諸山盡皆晴朗唯公成山上雲霧暗合遍尋尋不知
所在遂結壇齋戒祈請經宿至二十七日辰時有五色雲
見於霧合之處遂即分人子細尋覓乃見山半腹有小

土傾處其上竹樹非常蒙密并見一石龕出土一寸便
穿掘深三尺已來乃是一大石龕龕中有尊像一座右
真人六并師子崑崙各二遂以水洗試儀相儼然專實
吐符並如真誥其石龕重大非人力所能運轉今於
龕上造屋宇便差精誠道士三人專修香火供養謹
畫圖奉進者臣聞玄德升聞與至降監必錫靈貺彰
厥有成、祓祥符貽其克享、伏惟
開元天地大寶聖文神武應道皇帝陛下以道理國
以奇用兵先天而法自然終日不離輜重故得仙君
居九霄之上屢降中川聖祖在千古之前還諧後業
覩之不見者今見聽之不聞者今聞仍勒神兵以助王

旅天丁力士潛結鸛鵝星劍雲旗暗充貔虎遐殲逆命
之虜累督難拔之城加以言必有徵德無不報非夫尊像
之所在爲寶祚之休徵周流六虛言於晉而驗於蜀混
成一氣出於有而入於無未達齋心初迷三里之霧既符
真氣俄成五色之雲山腹洞開仙容儼若万物今覩千
劫未逢昔河啓錄圖山輸玄女尚謂得天之助藏爲
受命之符況真誥人間聖容神造照臨下土不住大羅
之天保祐群生爰居小有之洞寶感明主縮地而來豈
比漢時乘空而去元后欽崇之福遠至迹安聖運照報
之心天長地久臣等限以留司不獲隨例抃舞不勝
踴躍喜懽之至

爲崔常侍謝賜物表

臣某言揔管開府之至奉九月十五日勑吐蕃賛普
公注信物金胡缾等十一事伏蒙恩旨特以賜臣捧戴
慙惶以抃以躍臣宰侍無事待罪西門恭守嘉謨
欽承成憲王師不戰無汗馬之勞堯屋可封何理人之
有實无異効特降殊恩竊用勤以忘家中心顧命分
膏草野以報万一无任感戴戰越之至

謝除太子中允表

臣某稽首言伏奉某月日制除臣太子中允詔出宸衷恩
過望表捧戴惶懼不知所裁臣聞食君之祿死君之
難當逆胡干紀上皇出宫臣進不得從行退不能自

殺情雖可察罪不容誅伏惟
元天文武至聖皇帝陛下孝德動天聖功冠古復宗
社於墜地救塗炭於橫流少康不及君親光武出於支
庶今上皇返正陛下御乾歷數前王曾無比德万靈
抃躍六合歡康仍開祝網之恩免臣釁鼓之戮投書
削罪端袵立朝穢汗殘骸死滅餘氣伏謁明主豈不
自媿於心仰厠勳臣亦復何施其面跼天內省無地自
容且政化之源刑賞爲急陷身凶虜尚沐官榮陳
力輿王將何寵異況臣夙有誠願伏願陛下中興逆
賊殄滅臣即出家修道極其精勤庶裨万一頃者身
方待罪国未書刑若慕龍象之儔是避魑魅之地所

以鉗口不敢萌心今聖澤含弘天波昭洗朝容罪人食禄心招涵法之嫌㠯得奉佛報恩自寛不死之痛謹詣銀臺門冒死陳請以聞無任惶恐戰越之至

謝集賢學士表

朝議大夫試太子中允㠯維稽首言伏奉今月七日勅令㠯充集賢殿學士擢及無能恩加非望抃躍慙懼不知所裁且謂之集賢非賢莫集固當宣其五德列在四科遂聽衆推方紆聖鑒㠯油毫作賦非古詩之流挾策讀書無專經之業伏惟　陛下文思超則哲之后書契踰畫卦之君龜圖不能比其詞龍甲不足究其義聞相如在蜀畏不同時徵枚乘於齊惜其已老急賢之

旨欲賜追鋒如臣不才豈宜濫吹將何以編次漆簡刊
定石經東堂賦詩將招不成之罰北面待詔必無善
對之才以榮爲憂席寵知懼無任感恩踴躍戰越之
至謹詣延英門陳謝以聞

爲畫人謝賜表

臣某言臣猥以賤伎得備衆工誤點屏風之成蠅之
巧偶持團扇無事牸之能徒以職官不敢貳事顧惟
時論有慙三絕伏惟
皇帝陛下撥乱反正受命中興俯協龜圖傍觀鳥跡
卦因於畫畫始生書知微知章惟聖體聖臣以奉
詔旨令寫功臣運偶鳳翔之初無非鷹揚之士麟領

猨臂裂眥奮髯髮衝鶡冠力舉龍鼎骨風猛毅眸子分明皆就筆端別生身外傳神寫照雖非巧心審象求形或皆暗識妍蚩无枉敢顧黃金取捨惟精時憑白粉且如日磾下泣知其孝思于禁懷慙媿此忠節乃無聲之箴頌亦何賤於丹青豈父之似皐繇元子之類越石不待或人之說無煩故妓之言此又一奇誠爲可尚臣得砥筆鉛閣繼踵虎頭頻蒙奬敎之恩益用精誠自勵勤以補拙雖未仙飛感而遂通實因聖訓況賜衣服累問官資中使相望屢加宣慰微臣戰灼無荅恩私之至

爲曹將軍謝寫真表

臣某言天幸微臣身逢大聖得爲列卒以備戎行於臣一生已爲万足況建旗爲將裂組受官蒙推食之恩辱賜衣之寵匹夫之勇雖不顧身長策無聞未能盡敵仰慙介胄俯媿橐鞬加以弓不盡於六鈞射不穿於七札詎中雀目誠慙猨臂似劉琨而恨小非關羽之絕倫何以廁跡虎臣儀形麟閣伏惟
皇帝陛下昭格天地懸超七十二家微臣託附風雲不如二十八將而蒙垂聖日特命圖工畫植戟之黃鬚圖石稜之紫色才如過隙顧侯已得其神不待臨淄鄒子自知其醜豈可藏之祕府以示後人將謂飛龍之時無如貔之士寵過其効力不稱恩願死藝

於伏弢誓殺身於鳴轂死任感激欣戴之至

謝御書集賢院額表

臣某言伏奉今月　日聖札題集賢殿御書院額捧戴抃舞不知所裁竊以先聖微言豈前王今典所以興行礼義訓正人倫頃逆胡兇頑不識經籍恣行毀裂有甚焚燒伏惟　陛下御極統天功成理定愍其墜簡旁搜古辟發求書之使置寫書之官於是九流百家韋編緗帙爛然虎觀盛彼鴻都加以親重儒門將為教首俯題金牓自運銀鉤龍鳳翔於煙雲日月照於天地曾无以諭誰敢強名況乎方丈之書七分入木仲將虛為白首羲之枉在墨池將使率土之人知陛

下龍茲書府普天之下敎陛下敦彼儒風政化之源
實始於此臣忝編次漆簡刊校石經載光載輝誠
歡誠喜

爲幹和上進注仁王經表

沙門惠幹言法離言說了言說即解脫者終日可
言法无名相知名相即真如者何嘗壞相實際以无
際可示无生以不生相傳非夫自得性空密印心地見
聞自在宗說皆通者何以證玉毫之光辨金口之義
伏惟　乾元光天皇帝陛下高登十地降撫九天弘濟
群生霑濡蓮花之足示行世法屈金粟之身心淨超禪
頂法懸解廣釋門之六度包儒行之五常老僧空

復何語語以無見之見不言之言淺智勝疑冰之虫微
戒愈溺泥之象以目覺離念注先聖微言如麻何足
盡思食木偶然成字豈堪上塵慧眼仰穢聖心有
命自天藏拙無地伏以集解仁王般若經十卷謹隨
表奉進無任慙惶然本注經先發大願釋第一義開
不二門與四十九僧離一百八句六時禪誦三載懇祈侍
廓妖氛得瞻慧日三千世界悉奉仁王五千善神常
衛樂土今果盪定無量安寧緇服蒼生不勝慶躍

為薛使君謝婺州刺史表

臣某言伏奉今月日制除臣某官拜命若驚稽首无
地臣聞洪波迅流必盪其溷穢慶雲所潤不遺於荊

棘伏惟　陛下孝悌之至通於神明馨香之德格於天地故指旗而黑祲旋静揮戈而白日再中豈臣虫臂鼠肝所能談天迷聖臣之本末強欲自陳擢髪數罪臣戮餘也剖心自明天知足矣臣素書生少爲文吏折衝禦侮幾何不亡奉法守文一日之長當賊逼温洛兵接河潼拜臣陜州催臣上道驅馬才至長圍已合未暇施力旋復陷城戟枝叉頭刀環築口身關木索縛就虎狼臣實驚狂自恨駑怯脆身雖則無計自刃有何不可而折節兇頑偷生厠溷縱齒盤水之劍未消臣惡空題墓門之石豈解臣悲今於抱釁之中寄以分憂之重且天兵討賊曾無汗馬之勞天命興王

得返署羊之肆免其釁鼓之戮仍開祝網之恩臣縱
粉骨糜軀不報万分之一況褰帷露冕是去歲之縲
因洗垢滌瑕爲聖朝之岳牧臣欲殺身滅愧刎首謝
恩生無益於一毛死何異於腐鼠謹當閉閤趮
酌泉以勵心親畢力於平人無煩八部誓言不負於明
主非畏四知用釋愆誅敢求課最

爲舜闍梨謝御題大通大照和尚塔額表

沙門僧某等言伏蒙聖札題一天師塔額及度僧抽
僧等並畢伏喜天心俯從人欲恩光至重抃舞難勝
臣聞聖者正也住正法者爲聖人佛者覺也得覺
滿者入佛慧伏惟

光天皇帝陛下登滿足地超究竟天入三解脫門過
九次第定見聞自在不住無爲理事皆如終非有漏
復皇圖而馭宇尊白法以教人百穀順成六氣時若不加
兵而賊破不擾物以人和緇侶勝緣蒼生享幸昨蒙書額
度僧等龍騰金牓鳳轉銀鈎河漢昭回雲飛動
韋誕恥其遺法梁鵠慙心爲古人降出天門升於寶塔
玉繩綴於重級珠斗挂於露盤以旌宸翰寔貴多慙德
又宿修梵行頗在法流者夏以慙媿之衣落其煩惱
之髮冀成寶器仁王爲琢玉之因廣運佛心聖主受
恒沙之祐沙門等叨承禪訓幸偶昌期御札賜書足
報本師之德梵筵邀福願酬大聖之恩不勝戴荷之至

門下起赦書表

伏奉制書如右好生之德洽于人心奉天之時以行春令體元作則惟聖財成伏惟　乾元大聖皇帝陛下過凝庶績功深賡運極孝敬於至誠致雍和於充穆狹其祝網陋彼書衣寧失不經況乎輕繫大赦戮餘之罪益寬流宥之典人謂無冤何如捨示不問殺而有札豈若至於無刑加以親藏庶羞無祭肺之膳下除冗食賠糊口之人買犢設藏彼無歸之胥歲取斂收本乎盡徹之稅巨猾止於一惡貧人免於十夫思折券者寬其暴征嘗書勳者貴其宿負道卄德齊禮成其有恥之心悔咎思愆開其自新之路道之一變將使比屋可封守在四夷庶夫

外户不閉風俗忠厚礼讓興行六府孔修万代永賴臣
等忝居門下不任鳧藻抃躍之至

責躬薦弟一

臣維稽首言臣年老力衰心昏眼暗自料涯分其
能幾何久竊天官每慙尸素頃又没於逆賊不能殺
身負國偷生以至今日　陛下矜其愚弱託病被囚
不賜疵瑕累遷省閣昭失罪累免負惡名在於微臣
百生萬昔在賊地泣血自思一日得見聖朝即願出
家修道及奉明主伏戀仁恩貪冒官榮荏苒歲月
不知止足尚忝簪裾始願屢違私心自咎臣又聞用
不才之士才臣不來賞無功之人功臣不勸有國大

躰爲政本源非敢議論他人竊以兄弟自比臣弟蜀州刺史縉太原五年撫養百姓盡心爲國竭力守城臣即陥在賊中苟且延命臣忠不如弟一也縉前後歷任所在著声臣忝職甚多曾無裨益臣政不如弟二也臣頂負累繫在三司縉上表祈哀請代臣罪臣之於縉一無優劣臣義不如弟三也縉之判策屢登甲科衆推才名素在臣上小言盜學不足謂文臣才不如弟四也縉言不忤物行不上人植性謙和執心平直臣無度量實自空疎臣德不如弟五也臣之五短弟之五長加以有功又能爲政顧臣謬官華省而弟遠守方州外愧妨賢内慙比義痛心疾首以日

爲年臣又逼近懸車朝暮入地闃然孤獨迥無子孫
弟之與臣更相爲命兩人又俱白首一別恐隔黄
泉儻得同居相視而没泯滅之際魂魄有依伏乞
盡削臣官放歸田里賜弟散職令在朝廷臣當苦
行齋心弟自竭誠盡節並願肝腦塗地隕越爲
期葵藿之心庶知向日犬馬之意何足動天不勝
私情懇迫之至

請施莊爲寺表

臣維稽首臣聞罔極之恩豈有能報終天不逐何
堪永思然要欲強有所爲自寛其痛釋教有崇
樹功德弘濟幽冥臣亡母故博陵縣君崔氏師事

大照禪師三十餘歲褐衣蔬食持戒安禪樂住山林志求寂靜臣遂於藍田縣營山居一所草堂精舍竹林果園並是亡親宴坐之餘經行之所臣往丁凶釁當即發心願爲伽藍永劫追福比雖未敢陳請終日常積懇誠又屬大聖中興群生受福臣至庸朽得備周行無以謝生將何答施願獻如天之壽長爲率土之

君唯佛之力可憑詰寺之心轉切效微塵於天地固先

國而後家敢以鳥鼠私情冒觸天聽伏乞施此莊爲一小寺兼望抽諸寺名行僧七人精勤禪誦齋戒住持上報聖恩下酬慈訓無任懇款之至

爲僧等請上佛殿梁表

僧某言天地之大未滿法身紺殿朱宮豈云光宅陛下尊崇像教大捨外財自法利人黃金布地不役一人之力不費一家之產崇崇寶坊雲構將畢所營某寺以某月日上佛殿梁伏望天恩內賜一傘蓋使大千世界悉入蓋中六合人天共歸宇下然後以無㝵慧大化群物將使四生皆度豈唯比屋可封則中天之臺才留幻士晝雲之觀徒候神人以古況今前王何陋謹詣右銀臺門奉表陳請以聞

奉勑詳帝皇龜鏡圖狀

帝皇龜鏡圖兩卷令簡擇訖進狀

右某官宣口勑語看可否者臣愚何足以知謹與某

等議竊以名為帝皇圖者蓋龜可以卜也鏡可
以照也以前代帝王行事善惡以卜後代以前代帝
王行事善惡以照後代可以知盛衰興亡故其行事似
堯舜者必盛似湯武若必興似秦皇漢武者必衰
似夏桀殷紂者必滅如卜之必知如照之必見故謂之
龜鏡圖伏如所示之圖謂之自古帝皇圖即可矣謂
之龜鏡圖伏現稍乖名實文多不出於正經或取諸
子之說又與曹植飛龍篇摯虞庖犧讚等是一時文
章之語非正經本傳之事至如堯之茅茨不翦土階三
尺就之如日望之如雲舜之遜宣募四山舉十六族之歌
九德君撫五絃等善事夏桀之瑤臺瓊室殷紂之

肉林酒池等悪事蓋畫如此之類乃成龜鏡之圖至
於伏犧生時伏犧之墓女媧腸化摶土為人如此之流
豈爲龜鏡若記帝皇之事總載無妖若爲龜鏡
之圖恐須簡擇又論元氣已後其圖似畫太初与太
始無殊有形与有質不異易云乾元通利貞即未有
物者乾之始也乾者元之躰也元者乾之用也猶道家云
道生一一生二二生三三生万物又近佛經八識是清淨無
所有第八識即含藏一切種子第六識即分別成善
十八界之圖從元氣已下名目稍多臣識用愚淺不
知忌諱敢率鄙見無任戰越伏惟聖恩裁擇謹狀

請迴前任司職田粟施貧人粥狀

右臣比見道路之上凍餒之人朝尚呻吟暮填溝壑陛
下聖慈憐愍煮公粥施之頃年已来多有全濟至仁之
德感動上天故得年穀頻登逆賊皆滅報施之應福
祐昭然臣前任中書舍人給事中兩任職田並合交納
近奉恩勅不許併請望將一司職田廻与施粥之所於
国家下減數粒在窮窘或得再生庶以上福聖躬永
弘宝祚仍望令劉晏分付所由訖具數奏聞如聖恩
允許請降墨勅

兵部起請露布文

天地之心無不覆載烏鼠之性自私巢穴国家非徒
疆理其地臣妾其人思欲一車書混声教變毒螫

之俗爲礼義之鄉伏惟
皇帝陛下大道先天至德冠古武功則我有七德文教
則舞于兩階億兆廣、堯封之時郡縣加禹服之外
而太戎小醜蝸角偷安動搖遠邊遮漢使之路脅
從小国絶蕃臣之礼四鎮節度使高仙芝等虔奉
聖策　粛將天誅因識之且憎尋勃律之舊好暨
諸胡　国悉會王師万里風馳六軍電掃氈裘之長
思嚮風以充階毳慕之人唯塗地而可獲遂通重譯
罔不来庭實賴聖謀烏惟帝力無攻不克百蠻皆
帰於計中充遠不賓万方若在於宇下臣等不勝喜
慶之至

謝弟縉新授左散騎常侍狀

右臣之兄弟皆迫桑榆每至一别恐難再見匪躬
之節誠不顧家臨老之年實悲遠道陛下昆平布政
中外遽遷尚録前勞仍以舊齒使備顧問載珥貂蟬
趍侍玉墀從容瓌闥不材之木跗蕚聯芳断行之
鴈飛鳴接翼自天之命特出宸衷塗地之心難酬聖
造不勝戴荷踴躍之至

上元二年五月四日通議大夫守尚書右丞臣王維

進苔詔狀

勑幸求献替久擇勳賢具寮咸推令弟有裕既膺
賛相之任佇觀規諫之能建禮朝昇鵷行並列承明

晩下鴈序同歸乃眷家肥無志國命所謝知

王右丞文集巻第七

王右丞文集巻第八

與工部李侍郎書

一昨出後伏承令從官將多車騎至陋巷見命悵不得隨使者詣舍下謁才非張載枉傅玄以車相迎德謝侯生辱信陵虛左見待古人有此今也未聞所以竦踴惕息通夕不寐維自結髮即枉眷顧侍郎素風維知之矣宿昔貴公子常不交布衣盡禮髦士絶甘分少致醴比飯急急於當世之士常如不及

故夙著問望爲孟嘗平原之儔及乎晚歲時危益見
臣節草莽之中乘輿播越列郡或弃車走林畏
賊覷望貢献不至莫有鬪心侍郎慨然挑戈泣血
奮冒不顧命捍衛聖主揚奉之以兵奉迎蕭何之運
粮致饋曹洪之以良馬濟趙襄之以壼飧從收合亡騎
繕治兵甲喻以大義慰而勉之然後以劒率卒執戈
前驅浹辰之間六軍響振以成興復之業豈非侍
郎忠節蓋世義貫白日垂名竹帛爲一代宗臣誠
可愛也或曰宗子與國同休不得不尓也夫仁弱自
愛者且奔竄伏匿偷延晷刻窮蹙既至即匹夫
匹婦自刭於溝瀆安能決命争首慷慨大節死

生以之乎而能不邀寵於上不干功于下不怠邦
政不受私謁時與風流儒雅之士置酒高會吟詠
先王遺風脩然有東山之志善矣維雖老賤沈跡無
狀豈不知有忠義之士乎亦甞延頸企踵嚮風慕
義無窮也然不敢自列於下執事者以爲賤貴有
倫等威有序以閑人持不急之務朝夕倚門窺户
抑亦侍郎之所惡也而猥不見遺思曹公命吳質
將何以塞知己之望報厚顧之恩内省空虚流汗
而已輙先馳狀候涼時即躬詣門下奉謝王維頓首

山中與裴秀才迪書

近臘月下景氣和暢故山殊可過足下方温維猥

不敢相煩輒便往山中憩感配寺與山僧飯訖而
去北涉玄灞清月映郭夜登華子岡輞水淪漣與
月上下寒山遠火明滅林外深巷寒犬吠聲如豹村
墟夜舂復與踈鍾相間此時獨坐僮僕靜默多
思曩昔攜手賦詩步仄逕臨清流也當待春
中卉木蔓發春山可望輕鯈出水白鷗矯翼露
濕青皐麥隴朝雊斯之不遠儻能從我遊乎非
子天機清明者豈能以此不急之務相邀然是中有
深趣矣無忽因馱黃蘗人往不二山中人王維白

與魏居士書

足下太師之後世有明德宜其四代五公克復舊業

而伯仲諸昆頃或早世唯有壽光復遭播越幼生弱
姪藐然諸孤布衣徒步降在皁隷足下不忍其親
杖策入關降志屈躬託於所知身不衣帛而於六
親孝慈終日一飯而以百口爲累攻苦食啖流汗霖
爲之驅馳僕見足下裂裳毀冕二十餘年山棲谷
飲高居深視造次不違於仁舉止必由於道高世
之德欲蓋而彰文屬聖主搜揚仄陋束帛加璧被
於巖穴相國急賢以副旁求朝聞夕拜片善一
能垂章拖組況足下崇直惠茂緒清節冠世風
高於黔婁善卷行獨於石門荷蓧朝廷所以
超拜右史思其入踐赤墀執牘珥筆羽儀當朝爲

天子文明且又祿及其室養昆弟免於負薪樵蘇晚爨柴門閑於積雪藜牀穿而未起若有稱職上有致君之盛下有厚俗之化亦何顧影跼步行歌采薇是懷寶迷邦愛身賤物也豈謂足下利鍾釜之祿榮數尺之綬雖方丈盈前而蔬食菜羹雖高門甲第而畢竟空寂人莫不相憘而觀身如聚沫人莫不自厚而視財若浮雲於足下實何有哉聖人知身不足有也故曰欲潔其身而乱大倫知名无所着也故曰欲使如來名声普聞故離身而返屈其身知名空而返不避其名也古之高者曰許由挂瓢於樹風吹瓢惡而去之閒堯讓臨

水而洗其耳耳非駐声之地声無深耳之跡悪外者
垢内病物者自我此尚不能至於曠士豈入道者之
門歟降及嵇康亦云頓纓狂顧逾思長林而憶豊
草頓纓狂顧豈与俛受維縶有異乎長林豊草
豈与官署門闌有異乎異見起而正性隠色事
礙而慧用微豈等同虚空無所不遍光明遍照
知見獨存之旨邪此又足下之所知也近有陶潜不
肯把板屈腰見督郵解印綬弃官去後貧乞
食詩云叩門拙言詞是屢乞而多慙也常一見督
郵安食公田數頃一慙之不忍而終身慙乎此亦
人我攻中忘大守小不其後之累也孔宣父云我則

異於是無可無不可可者適意不可者不適意也君子以布仁施義活國濟人爲適意縱其道不行亦無意爲不適意也苟身心相離理事俱如則何往而不適此近於不易願足下思可不可之旨以種類俱生無行作以爲大依無守嘿以爲絶塵以不動爲出世也僕年且六十足力不強上不能原本理躰裨補國朝下不能殖貨聚穀博施窮窘偷祿苟活誠罪人也然才不出衆德在人下存亡去就如九牛一毛耳實非欲引尸祝以自助求分謗於高賢也略陳起予推審圖之所維白

暮春太師左右丞相諸公於韋氏逍遥谷讌

集序

山有姑射人蓋方外海有蓬瀛地非宇下逍遥谷天都近者王官有之不廢大倫存乎小隱跡崆峒而身拖朱紱朝承明而暮宿青靄故可尚也先天之君俾人在宥歡心格于上帝喜氣降爲陽春時則有太子太師徐國公左丞相稷山公右丞相始興公少師宜陽公少保崔公特進鄧公吏部尚書武都公禮部尚書杜公賓客王公黼衣方領垂璫珥筆詔有不名命無下拜熙天工者坐而論道典邦教者官司其方相與察天地之和人神之泰聽於朝則雅頌矣問於野則賡歌矣乃曰猗哉至理之伏也吾徒可

以酒食謳樂考擊鍾鼓退於彤庭撰辰擇地右班劒
騄六騶畫輪載轂羽幰先路以詣夫逍遙焉神皐
藉其綠草驪山啓於朱戶渭之美竹魯之嘉樹雲
出其棟水源於室灞陵下連乎菜地新豐半入於家
林館留巔檻側陋師古節儉惟新丹堊巖谷先曙
羲和不能信其時卉木後春勾芒不能一其令花
遲窈窕蘅皐趍忽騁御延佇於叢薄珮玉升降
於蒼翠於是外僕告次獸人獻鮮樽以大罍烹用
五鼎木器擁腫即天姿以爲飾沼毛蘋蘩在山羞
而可薦伶人在位曼姬始縠齊瑟慷慨於座右趙
舞徘徊於白雲哀旋松風珠翠煙露日在蒙汜

群山久嵐猶有濯纓清歌據梧高詠與松喬爲伍是羲皇上人且三代之後而其君帝舜九服之内而其俗華胥上客則冠冕巢由主人則弟兄元愷合是四美同乎一時廢而不書罪在司禮切賢楚傳常詣茅堂之居仰謝右軍忽序蘭亭之事蓋不獲命豈曰能賢 云云

薦福寺光師房花藥詩序

心舍於有無眼界於色空皆幻也離亦幻也至今者不捨幻而過於色空有無之際故目可塵也而心未始同心不世也而身未常物物者方酌我於無垠之域亦已殆矣上人順強陽之動與勞侶而作在雙樹之道

塲以衆花爲佛事天上海外異卉奇藥齊諧未識伯益未知者地始載於茲人始聞於我瓊蕤滋蔓侵廻階而欲上寶庭盡蕪當露井而不合群豔耀日衆香同風開敷次第連九冬之月種類若干多四天所雨至用楊枝巳開貝葉高閣聞鍾升堂覩佛右繞七匝卻主一面則流芳忽起雜英乱飛焚香不俟於旃檀散花奚取於優曇漆園傲吏著書以稊稗爲言蓮座大仙說法開藥草之品道無不在物何足忘故歌之詠之者吾愈見其嘿也

送朝監還日本國序

舜覲羣后有苗不格禹會諸侯防風後至動干

戚之舞與斧鉞之誅乃貢九牧之金始頒五瑞之玉
我開元天地大寶聖文神武應道皇帝大道之行先
天布化乾元廣運涵育無垠若華爲東道之標戴
勝爲西門之候豈甘心於邛杖非徵貢於苞茅亦由
呼韓來朝舍於蒲陶之館卑弥遣使報以蛟龍之
錦犧牲玉帛以將厚意服食器用不寶遠物百
神受職五老告期況乎戴髮含齒得不稽顙屈
膝海東國日本爲大服聖人之訓有君子之風正朔本
乎夏時衣裳同乎漢制歷歳方達繼舊好於行人
滔天無涯貢方物於天子同儀加等位在王侯之先
掌次改觀不居蠻夷之邸我無尒詐尒無我虞彼

以好來發開強禁上敷文教虛至實歸故人民雜
居往來如市朝司馬結髮遊聖負笈辭親問礼於
老聃學詩於子夏魯借車馬孔丘遂適於宗周鄭
獻縞衣季札始通於上國名成大學官至客卿必齊
之姜不歸娶於高國在楚猶晉亦何獨於由余遊
宦三年頗以君羨遺毋不居一國欲其晝錦還鄉
莊舄既顯而思歸關羽報恩而終去於是地首北闕
裹足東轅篋命賜之衣懷敬問之詔金簡玉字傳
道經於絕域之人方鼎彝樽致分器於異姓之國琅
邪臺上迴望龍門碣石館前夐然鳥逝鯨魚噴浪
則萬里倒迴鷁首乘雲則八風卻走扶桑若薺鬱

鳥山如萍沃白日而簸三山浮蒼天而呑九域黄雀
之風動地黒蜃之氣成雲淼不知其所之何相思之
可寄嘻去帝郷之故舊謁本朝之君臣詠七子
之詩佩兩國之印怳我王度諭彼蕃臣三寸猶在
樂毅辭燕而未老十年在外信陵歸魏而逾尊
子其行乎余贈言者

送高判官從軍赴西河序

今上合大道以撫荒外振長策以馭宇内故左言返踵
穿胷沸脣雁臂騰臼波驟輸瑁砮之貢腹阻赤坂傳
致紫琥之深辮髮名王養馮於下廐推結去帝獻珠
於小臣而大戎不識蝸角自大偷安九服之外謂天誅

穿及自絶所國之後而王祭不供天子按劒謀臣切齒
思以赤山爲城青海爲壍盡平其地悉虜其人而上將
有哥舒大夫者名蓋四方身長八尺眼如紫石稜鬚如
蝟毛磔揹㩳而百蠻不守叱咤而万人俱廢髮鬚奮
髯髯哮吼如虎兕裂眥大怒磨牙欲吞不待成師固將身
先士卒常思盡敵不以賊遺君父矢集月竄劒斬
天驕蹴踖崙使西倒縛呼韓令北面豈直趙人祭其
東門匈奴不敢南牧而已開府之日辟書始下以
爲踴躍用兵健將之事意氣跨馬俠少之能蓋欲
謀夫起予哲士俾我殲黠虜以無類舉外國如拾
遺待夷門而不食置廣武於上座始得我髙子焉

高子讀書五車運籌百勝慷慨聖哲談天口之是非
指畫山川知地形之要害嘗著七發曹王慕義每
奏一篇漢文稱善緣情之製獨步當時主人攜挑
而有餘壘客仰攻而不下公卿藉甚遍交歡於五侯
孫吳暗合將建功於萬里徼以露版召見甘泉衣短
後之衣帶櫑具之劍象弧彫服鞭弭橐鞬目無先
零氣射西旅蒼頭宿將持漢節以臨戎白面書生
坐胡牀而破賊然孤烽遠戍黃雲千里嚴城落日弔
閉鐵騎升山而出胡笳咽於塞下畫角發於軍中
亦可悲也遲子之獻凱雲臺奏事宣室紫綬曳地
金印如斗列居東第位爲通侯舊友拜塵羣公書

弊祁大夫老矣武安侯問乎

送李補闕充河西支度營田判官序

漢張右掖以備左衽西遮空道北護居延然犬戎夜獵於山外匈奴射鵰於塞下歲或有之我散騎常侍曰王公勇能盡敵禮可用兵讀黃石書殺白馬將入備顧問載以乘輿副車出命專征賜以內棧文馬將軍幕府請命介於本朝天子瑣闈輟諫官以從士補闕李公家世龍詞場虎步五經在笥一言蔽詩賡屯田之蓄度長府之羨以贍邊人以弱敵國然後馳檄識匿略地崑崙使麾下騎刃樓蘭之腹發外國兵繫郅支之頸五單于遁逃于漠北雜種羌不近于隴上子之

行也不謂是乎拜首漢庭驅傳而出窮塞沙磧以西極黃河混淹而東注胡風動地朔鴈成行拔劍登車慷慨而別

送懷州杜參軍赴京選集序

國自有初以節守西門者得自召吏以賓客故我常侍崔公以貳車迎杜侯於杜陵而咨之矣舍之門下衣儒者之服立於軍中說諸侯之劍猗元帥之理也行有眞育鐵馬成群而雄戟穽耀角弓載櫜秉王者師不邀奇功摟延藉甚高冠長劍拜命雲臺在是行也羣公自出轅門驂騑瀟路置酒欲飲高歌自悽寂寥孤城惆悵朔管飛雪蔽野長河始氷吾子勉之慷

慨而別

送鄆州須昌馮少府赴任序

少年明經試出補吏學通大義政習前典夲之於德輔之以才大官大邑可也不惟是歟子昔仕魯蓋嘗之鄆書社万室帶以魚山濟水旗亭千隧雜以鄭商周客有鄒人之風以厚俗有汶陽之田以富農袞爲紈在笱河魴登俎一都會也子其不寶貨不耽樂不弄法不慢官無侮老成人無虐孤與幼上官奏課輶軒以聞則繡衣方領垂璫珥筆子所得也誰敢有之予病且憊歲晚弥獨窮巷衡門落日秋草趙服過我且東其轅促飯中厨子不可以蔬食送車出郭吾不可以徒

行屨以及門拜於宇下猶且拖杖延頸送之以目城廻
樹轉悲其馬嘶云

洛陽鄭少府與兩省遺補宴韋司戶南亭序

惟帝克辟惟股肱克左右庶績允釐有司多暇舉
無違德孰獻其可雖列侍丹陛而罕伏青蒲懷致
館灞陵南望曲江左輔登一綴而鄠杜如近盡三休
而天地始大凝氣向晦蒼蒼寒木式與汝歌多酌
我酒墨客既庠親當獸炭膳夫交馳屢奏鮮食
夫含德之厚與時偕化拂衣為放則野人於小隱之
中東帶而朝則君子於大夫之後何軌轍一境是非
外物哉且騎有羈紲徒有次舍可以永日可以繼夜

呰非詩人之徒歟奚其嘿也

送鄭五赴任新都序

邠人工前京兆右扶風居上谷間与寢園接七月之什蕩無遺風五陵之豪家雜居其地故有黠吏惡少犯命干紀政寬則以姦病人操急則以事中吏鄭子為邑也絃歌之化洋溢四封雷霆之威燀赫百里下車按誦盡致法焉繡衣不惟風俗之治苟以文墨坐抵罪除名為人削跡于野杜陵解印時賣故侯之瓜彭澤無官詎有公田之黍牽衣肘見步雪履穿獲矣由忠是貧非病屬聖朝龍旂鑾輅登封告成之事畢耆王黄琮郊天祀地之礼備天下無事海内乂安盡登

仁壽之域循下哀憐之詔万方有罪与之更新百寮
失職使復其位降邑宰為輿尉從舘墨而解褐
龍星始見馬首欲西搢紳先生居多結友諸曹列
署且有同時時工部侍郎蕭公詞幹之宗德義之
府弱年筮仕一命聯官於奉常幾已左遷六人同罪
於外郡纂金盛業克傳丞相文儒万石高風弥重
故人賓客賦詩寵別贈言誡行騎登棧道舘于校
壘劒門中斷蜀國滿於二川銅梁下臨巴江入於万井
鸝黃欲語夏木成陰悲哉此時相送千里

送從弟惟祥宰海陵序

天子若曰咨尒三事百辟寇賊姦究囊鵄朕師其

畢吏二千石至墨綬于將大命於朝以撫方夏群從曰雄祥舊有令聞克奉成憲往踐乃職無恫于人獄貨非寶農食滋碩浮于淮泗浩然天波海潮噴於乾坤江城入於泱漭彼有美錦尓甞操刀學古入官倚法爲吏上官奏課國將大選尓勞勉哉行乎唱于和汝

送衡嶽瑗公南歸詩序

衡嶽瑗上人者學道於五峯蔭松棲雲與狼虎雜處得無所得矣天寶癸巳歲始遊于長安手提瓶笠至自萬里宴居吐論緇属高之初給事中房公謫居宜春與上人風土相接因爲道友伏臘往來房公

旣海内盛名上人亦以此增價秋九月杖錫南返扣門來別秦地草木槭然已黄蒼梧白雲不日而見湞陽有曹溪學者爲我謝之

冬笋記

會心者行表行者祥故行藏於密而祥發於外欲人不知不可得也夫孝於人爲和德其應爲陽氣笋陽物也而以陰出斯其効歟重冰開地密雪滔天而緑籜包生不日盈尺公之家執德存人仗義藩国存身於正室不家於朱户公世載盛德人文冠冕之天姿大賢庭訓括羽之曰諸季式亦克用訓我尔身也共被爲踈礼存身焉德不侮無所苞蕚韡韡

爛其盈門兄弟怡怡穆然映女且孝有上和下睦之難
尊賢容衆之難辱人薄巳之難自家刑国之難
加行之以忠信乂之以禮樂斯其大者遠者況承順
顔色乎況温凊枕席乎如是故天高聽甲神監孔
明不然筍爲爲出哉視諸故府則昔之人亦嘗致斯瑞也

讃佛文

竊以眞如妙宰具于力而無成涅槃至功滿四生而不
度故無邊大照不照得空有之深万法偕行無行爲
滿足之地推兹化佛即其三身不捨凡夫本無五蘊
實藉津梁法相脱落塵容始於度門漸於空舍
然後金剛道後爲三界大師王毫光相得一生補

歎左散騎常侍攝御史中丞崔公第十五娘子於
多劫來植衆德本以般若力生菩提家含哺則外
葷羶勝衣而斥珠翠教從半字便會聖言戲則
翦花而爲佛事常侍公頃以入朝天闕上簡帝心雖
功在於生人深辞拜命願賞延於愛女爰啓出家白
法宿修紫書方降即今某月日敬對三世諸佛十方
賢聖稽首合掌奉詔落髪久淸三業素成菩薩之戒
新下鬟髻如見如來之頂綺襦方解樹神獻無價之
衣香飯當消天王持衆寶之鉢惟娘子舍 寶
塗彼戒香在微塵中見億佛刹如獻珠頃具大神
通伏願以度人設齋功德上奉皇帝聖壽無疆記椿

樹以爲年土宇無垠包蓮花而爲界又用莊嚴常侍公出爲法將入拜台臣身在百官中尊心超十地之上夫人以文殊智本是法正在普賢心長爲佛母郎君娘子等住誠性爲孝順用惠爲道場將遍衆生之慈迴向同一子之想又願普同法界盡及有情共此勝因俱登聖果

西方變畫讚 并序

法身無對非東西也淨土無所離空有也若依佛慧既洗滌於六塵未捨法求猒絜於三有故大雄以不思議力開方便門我心猶疑未認寶藏商人既倦且息化城究竟達於無生因地從於有相西方遙土變

者左常侍攝御史中丞崔公夫人李氏奉爲亡考故
某官中祥之所作也夫人門爲士族之先道爲梵
行之首大師繼踵望塵而哩印命婦盈朝闐風而
素履心王自在万有皆如頂法真空一乘不立崇
見故菩薩爲勝鬘夫人同解脫因天女讚維摩長
者陟岵何望哀哀纏經順有漏法泣血以居念罔極
恩滅性非報唯茲十力所護豈與百身之贖不賓
纓絡資於繪素圖極樂國象無上尊法王安詳聖
衆圍繞湛然不動疑過於往來寂爾無聞若離於
言說林分寶樹七重進遶於香城衣捧天花六時散於
金地迦陵欲語曇花未落衆善普會諸相具美

於是竭誠稽首隕涕焚香願立功德以備梯航得彼佛身常以慈悲爲女存乎法性還在菩提之家偈曰

稽首十方大導師能於一法見多法以種種相導群生其心本來無所動稽首無邊法性海功德無量不思議於色不色等無㝵不住有無亦不捨我今深達真實空知此色相躰清淨願以西方爲導首往生極樂性自在

繡如意輪像讚 并序

寂等於空非心量㝵如則不動離意識界實無所住常遍群生不捨有爲懸起万行法性如是

豈可說耶如意輪者觀世音菩薩陁羅尼三昧門現方便於幻眼六臂色身以究竟爲佛心躰無相隨念即藏乃無緣之慈應度而不斯不共之力衆生如意菩薩何必崇通等足無段無登等貴族出家楚筵上首久積淨業三世皆空長在道場一乘自立亡兄故河南少尹雖明世興深達實相以不二法處於上官花萼相連恩深女弟蘋禮舊繞皇絶仁兄雖曰如夢無寧喪我煩惱性淨示有同凡之悲菩提路空強爲助道之相選妓推絜衣功加敬針鋒線纏日就月將五彩相宣千光欲發金蓮捧足寶珠垂髻原夫審豫於淨心成形於纖手珊瑚掌

內疑現不動如來頻婆口中同乎無法可說焚香讚
嘆散花瞻仰有情苦業滅而不生無上法輪轉而恒
寂願以此福宜用莊嚴乃爲偈曰
菩薩神力不思議能以一身遍一切常轉法輪無所
轉衆生隨念得解脫　色即是空非空有　是故以
色像觀音願以淨斯六趣福　迴向過去不可得

爲相國王公紫芝木瓜讚并序

孝悌之至通於神明天爲之降和地爲之嘉植發書
占之推理可得何者人心本於元氣元氣被於造物
心善者氣應氣應者物美故呈祥於魚鳥或發揮
於草木示神明之陰隲與天地之嘉會今中書侍

郎相公先左丞府君沈潜上德遐尚絶軌江海澔沆
嬰孩杏壇高門長軌隱几含素蓋鳳皇之高遊潭
龍虎之逶迤積有淳德誕敷餘慶而我相公生而英
姿河目海口量與太素而無端倪應會神速動若
發括事遣理盡潜然虚空亦猶太清雲無處所重玄
之旨達而有餘奥大自之明漫而不及理文可以經邦訓
俗武可以保大定功故天子咨之以帝元化昔者高堂
既聞扇枕無所歐血長號礼不能制其哭泣之度終
身巨痛時無以加其霜露之惕攻苦食淡掃苫枕
苫淚少於血骨餘於形鳳泪起而裂其心鳥悲鳴而
感其哭俄而紫芝生棟葉成仙人之蓋色奪蔡侯之

衣又有木瓜在林味若楚王之萍大如安期之棗枯木無生物之理而布護滋蔓時葉有常形之分而碩大殊尤鄰里駭之郡縣聞之公竝而不敢言州司遂表以獻或曰因心而致人之祥也或曰率土所生國之瑞也有識君子曰至孝所感物爲人之祥大賢佐時人爲國之瑞二物者雖感曩時之純至亦符今日之崇高也公尤不敢當歸美於今上以爲震位先兆孝德動天至乾元二年乃畫圖以進詔報曰芝草者延壽之徵也木瓜者投報之應也蓋至誠所感有開必先朕與卿道契雲龍義同水石位崇台袞寄重股肱故得太上御名祥荐臻靈物昭格君臣同德區宇克寧覽其進圖可爲嘉

應請宣付史館者既依　史策亦藏書府讚曰
紫芝三秀則生於梁木瓜一實其大盈筐嘉應薦至
其故何祥哀哀孝思漣漣泣血終身致毀每慟將
絶雲爲徘徊風爲慘切依仁據德移孝爲忠經日盡
理任心便公其道槖籥虛而不窮公位先兆聖人斯
覩賜以詔書藏之祕府邦家之光哀榮終古

給事中竇紹爲亡弟故駙馬都尉於孝義
寺浮圖畫西方阿弥陁變讚 并序

易曰遊魂爲變傳曰魂氣則無不之固知神明更生
矣輔之以道則變爲妙身之於樂土大覚曰聖離妄
曰性克脩其業以正其命得無法者即六塵爲净域

繫有相者憑十念以往生西方變者給事中竇紹爲亡弟故駙馬都尉某官之所畫也天理之愛加人數等悲讓侯而無所痛殞身而莫贖傾無長之工不平分於我生將厚貸於泉路尚茲繪事滌彼塵業寶樹成列金砂自映迦陵欲語曼陁未落墜此中年登平上品池蓮寶座將踰棠棣之榮水鳥法音當悟鶺鴒之力偈曰生因妄念沒有遺識憑化而遷轉身不息將免六趣唯茲十力哀此仁兄友于後生不知世界畢竟經營傍熏獲悟自性當成

爲楊郎中祭李員外文

維載月日朔行尚書司勲郎中賜緋魚袋楊玄璋

等謹以清酌少牢之奠敬祭于故左司員外郎李
公之靈嗚呼大朴雖名大辯若訥泊兮無花汎然隨物
直而好學敏以從事行隱於寡言文成於沈醉漂身
谷德唯仁與義讀書甚解作賦弥工麗詞秀務奧義
玄通記言西掖起草南宮第五將姪伏波事嫂倉良
先與甘衣必讓好口嘗其糲身席於藁結友一言同
官一日徇我朋好忘其身恤豈惟攜手亦將加膝明明
天子惟賢是思恨馮唐之已老喜相如之同時罷刋
書於虎觀將載筆於鳳池嗚呼病時七啟卧內一訣
痛乾坤而忽窮嗟古今而長絶永言比首返葬東
周何夫子之適去同衆人之若休歷于門而行哭動九

陌而增愁馬悲鳴而笳咽雲寡色而風秋玄穉等或
結髪舊遊比肩同列悲薤歌之首路哀栁車之就轍
嗟無見而奚來痛不知而成別嗚呼哀哉尚饗

祭兵部房郎中文　為人作

維載月日朔某官某乙謹以酒脯之奠敬奠于故兵
部郎中房公之靈嗚呼君子之才周而不器苟求
行道未嘗私身況靜好謀話言必雅往歳穀貴
關輔阻飢眷命自天發廩以賑中朝之使屬之鄙
夫不敢自賢請于為介匹夫嫠婦黄口之孤鍾釡
之施罔不必當舉無棄粒野有頌聲國家獸兵
葦苦徵戍大召浮食以請國人單車諭旨萬里

窮磧面度赤坂館於烏孫形勞者病神勞則夭弃成功於末路未復命而言謝死不廢命忠也尸而加紳寵也我盥而撫子瞑又含求仁得仁其誰不死玉關之下素車威遲愁雲晝聚白雪春下絳旐從風車徒行哭至上京而不駐將返葬於關東河活活而東注天慘慘而悲風道路猶長子實途窮人世如舊子實成空我有旨酒以歌以餞想像明德歔欷出涕尚饗

為人祭李舍人文

年月日某以茶藥之奠祭于故舍人李公之靈嗚呼見人多矣未有如子生於德門長於貴里名江夏

之童顏奪河陽之美行比曾顏才兼文史含恣輕肥仰偃紈綺惡如涕唾弃如塵滓比布衣以同年甘蔬食而没齒嗚呼深入度門高居道源獨一靜處寂嘿無言持草誡之真性歸化光之法尊曠無淨染頓離塵根豈期昨日分首別離未久万法皆空一生何有無餘涅槃應無所受無漏智慧斯爲不朽乎以凡情哀哀其後世相謂然道心斯醜敢不從俗子其無咎尚饗

爲王常侍祭沙陁鄯國夫人

維年月日朔河西節度使左散騎常侍王公遣摠管石抱玉以酒牢之奠致祭于故沙陁鄯國夫人之靈

嗚呼惟此淑德降于異域至性不師天姿靡飾礼容詎假於璟珮工藝非因於組織行閨訓於穹廬成母儀於蕃國懿此清範夫人之則沙陁令門外家之力嗚呼夫人歸命干戈遂寢子孫扞城國家高枕居之右地華其左衽改辮垂髮解裘衣錦嗚呼降年不永遽日方臨寂矣高堂歛珠含玉哀哉貴女萬面摧心嗚呼聖朝命我護此諸蕃夫人所出天子加恩能守漢制不效夷言馬無此首車必南轅教義所及忠信弥敦寶嘉內訓用絜斯樽

尚饗

為羽林將軍祭武大將軍文

維年月日將軍某等謹以清酌少牢之奠祭于故太將
軍武公之靈嗚呼武公命代出君羣氣蓋朔方勇冠
六軍生長下國上聞上天天子壯之命居北門伊何
國之重寄羽林孤兒旄頭突騎罔不畢揔爲之
元帥帝在紫微與君爲衛身恒披堅手不捨
鋭出方天駟入並東第同官爲寮出入五世顧我
軍旅凜然遺風一日之長万夫之雄身雖有極德
不可窮嗚呼門館蒼黃風景凄涼櫪馬悲鳴角
弓不張弔客接武哭聲滿堂嗚呼凡人有喪匍
匐斯救況我武公屢及其霤盥而撫之唅玉當
受敢不嗣事如公之舊尚饗

爲崔常侍祭牙門姜將軍文

維大唐開元二十五年歲次丁丑十一月辛未朔四日甲戌左散騎常侍河西節度副大使攝御史中丞崔公致祭于故姜公之靈嗚呼天子命我建旗西門帶甲十万鐵騎雲屯横挑強胡飲馬河源嗟尓勇健表爲牙門牙門伊何全齊大族四方有事抗言死鳴轂前有血刃後有飛鏃其氣益振大呼馳逐翩翩白馬象弧鵰服弋舂其喉矢志其目嗚呼天下無事今上好文尓有餘勇莫敢邀勲腰鞬白首蹉跎塞雲死於裨將誰統前軍家本秦人靈車東騖長天積雪邊城欲暮塵下行哭

前旌抗路身有寶劒不佩而去轅有代馬悲鳴跼顧
嗚呼我誡軍吏令送尒歸既素我服亦朱其衣黠
虜未滅壯士長辞牢醴以祭太息歔欷尚饗

為兵部祭庫部王郎中文

惟公弘量碩德寡言敏行直而能婉和而不競以
儒墨爲鋒鍔在頹冊之季孟白雲刑官綉衣使
者時無寃人路多避馬既踐文昌來司武庫與翟
車之高足爲鳳池之先路豈其位薄德崇才遠途
窮拜命之時初一朝於北闕移疾于外不再入於南宮
嗚呼哀挽悲笳寒天踈木宅不卜地祔於故塋家無餘
財斂以時服弟雖會葬兒未及哭其營護而奠遣

咋甥姪與姻族某嘗同官寅實善良友仰徳弥高立
言不朽居常接膝未忍分手況永訣兮無期向空筵
而灑酒尚饗

爲人祭某官文

惟公碩徳弘量抱義戴仁早離我見常守吾真朝
稱端士世謂淳人夏官之職惟賢是寄既節吾官
兼選騎士宿衛扞城必由玆地速應爲敏平入分是貴
決遣先馳曹无留事嗚呼積善无慶寢疾弥留唐
肆求馬夜壑藏舟深悟幻境獨與道遊死而不
忘魂兮若休嗚呼某等何幸得備官屬泰然若
春溫兮如玉去徳何永事生何促五情如喪百身不

贖敬薦醴牢哀哀慟哭尚饗

王右丞文集卷第八　一

王右丞文集卷第九　碑五首

裴僕射濟州遺愛碑　并序

夫爲政以德必世而後仁齊人以刑苟免而無恥則刑禁者難久百年安可勝殘德化者効遅三載如何考績刑以佐德猛以濟寛月期政成成而不朽者惟裴公能之公名耀卿字渙之河東聞喜人也益爲帝虞賓相帝舜非子其胄而已諸裴在漢者爲水衡在魏者守代郡十三代祖徽魏益豫雍兗徐五州

刺史蘭陵武公源於大賢泒以俊德世濟其美不殞
其名矣曾祖正隋散騎常侍長平郡贊理祖眘皇
朝洛南南鄭二縣令著族斯茂衣冠未敢爭雄繼世
皆賢英彥無出其右故有常侍縣君遞輝迭映父
守忠太常博士判駕部夏官員外今上楚王府諮
議參軍邠寧二州刺史贈晉兗沂三州刺史文儒
之宗伯礼樂之本源藉葉雖曰承家復始由乎種德
再典大郡二爲仙郎舉十大夫是則是斆且年不及壽而
位未稱德朝多其能歿而獨贈公則晉州之第三子也
語而能文有識便智爲兒則量過黃髮未仕而心
在蒼生伯建試經子淡應詔古之人也我不後之八歲

神童舉試毛詩尚書論語及第解褐補祕書省
校書郎歷中宗安国相王府典籤東觀載筆班固名
香西園賦詠劉楨氣逸轉国子主簿檢校詹事
府丞學識冝在儒林風度雅膺諸宷河南府士曹
參軍考功員外郎公府屈廊廟之才曹无留事仙郎
明黜陟之法野無遺賢右司兵部二郎中長安縣
令其在含香一臺推妙以之製錦四海是儀公之斷
獄也必原情以定罪不阿意以侮法是以小失天之罡
人為此州刺史公推善於国不稱無罪思利於人志
其屈巳戮豪右以懲悪一至無刑旌孝悌以勸善洪
惟見德然後務材訓農通商惠工敬教勸學授方

任能行之一年郡乃大理襁負而至何憂乎蕩相之
人路不拾遺何畏乎穿窬之盜既富之矣汲黯奚
取於開倉使無訟乎仲由何施其折獄君無何詔封
東嶽開東列郡頗當馳道至於犧牲玉帛資糧
扉屨其或不供為有司所劾因而厚斂非天子之意
豐省之度多不得中故二千石有不能受事於宰旅
者矣季孫請曾視郯滕濤塗恐師出周鄭抑為
是也公盡事君之忠且曰從人之欲方斯廟之粟茲乃如京
百執事之人於我乎館留封之境二為帝庭一郡之賦再
粒天下十卒林會葬半合畢皆投足捷投安端甚取給
無虞其燥濕不畏寇盜草萃之中用能便其體羇

紬之外無所勞其力天朝中貴持權用事享爲之禮
則生我羽毛小不如意則成是貝錦公享有常牢覲無
私幣冒貨賄者我以爲仇淫芻蕘者吾所能禦至於
急宣忠旨暴征要物或命嘉蔬先春當薦錫貢
珍果非土所生舉是一隅其徒千計皆曾不旋踵若
取諸懷又不知其備預之所以然也謂餼牢竭矣而家
有餘糧謂罷勞甚矣而人有餘力豈非積年之儲
用之有變終身之逸使之有時不然班貢藝事
輕重以列我視子男之國而倍公侯之征今日之事我
爲上也大駕還都分遣中丞蔣欽緒御史劉日政宋
珣等巡按皆嘉公之能奏課第一公未受賞朝而歸

潘天災流行河水決溢蝗虫避境雉馬援之化能然洪水滔天固帝堯之時且尔高岸崒以雲斷平郊谿其地裂噴薄雷吼冲融天迴百姓巢居泉客有其家室五稼波殄沼毛荒於畎畝公急人之虞分帝之憂御衣假寐對案輟食不俟駕而星邁不入門而雨行議隄防也至則平板榦具糇糧揆形略趾量功命日而赤岸成谷白濤亘山雖有呂梁之人盡下淇園之竹無能爲也乃有壞防之餘衝波且盡僅在而危同累卵將墜而間不容髮公暴露其上爲人請命風伯屛氣以遷跡陽侯整波而退含又王尊至誠未足加也然後下窑楗搴長茭土簣雲積金鎚電散

公親巡而撫之慰而勉之千夫畢餔始就食一人未息不歸遂盡情者發憤以躁勤懦者自疆以齊壯成之不日金隄峩峩下截重泉上可方軌北河迴其竹箭東郡鬱爲桑田先是朝廷除公宣州刺史公惜九仞之垂成恐衆心之或怠懷絲綸之詔密金玉之音寧力負薪而益勤親執樸而弥勵既成乃發書示之皆捨畚攀轅廢歌成泣淚而濟袂澤陰魯郊哀號呼不崇朝而達四境嘻公之視人也如子人之去公也如父宜其升聞於天司我五教公之富人也以簡簡則不擾而人得肆其業非富歟公之愛吏也以嚴嚴則畏威而吏不陷於罪非愛歟是其大旨也至若沛郡謂爲神明淮陽謂

其清淨尊經於學校魯風載儒加信於兒童齊人不詐明閑視聽其察藝也無全曉習文法於決事乎何有六義之製文在於斯五車之書學半於我其爲身計保乎忠貞將爲孫謀賜以清白熊軾之貴子弟夷於平人龍門則高賓客不遺下士非礼不動出言有章語曰愷弟君子人之父母其是之謂乎維也不才甞備官屬公之行事豈不然乎維實知之維能言之況夫婦男女思我遺愛者吟詠成風耆艾人吏願頌清德者道路如市則王襃所講奚斯之頌美政成盛德綴詞之士固未甞闕如也維敢拒之哉頌曰童子何知兮公遹成人大不必佳兮公德日新天生德於

公兮遺此下民天子命我兮守慈東郡人謂公以謫去兮不能致訓公曽不私己兮政聲益振惟歲十月兮帝封岱宗千乘万騎兮行幸山東小郡之賦兮冊粒万邦豊不盈儉不陋兮公之舉也得中河為不道兮離常流以痛毒不用一牲兮不沈一玉身當中流兮馮夷感而避賢勑陽侯兮使却走夫洪漣板築既具兮薪又屬庚人欣以就役兮高岸掘起於深谷人降丘宅土兮桑田鬱以載緑行無五馬兮食不載味恵恤鰥寡兮威讋黠吏公之德兮曽無與二人思貴遺愛兮涙淫淫歲久不衰兮至今性與天道吾不得聞兮誌其小者近者兮巳是過人之德音

京兆尹張公德政碑并序

雲從龍風從虎氣應也聖人作賢人輔德同也君
臣同德天地通氣以康九有以遂万類惟皇御極二十
載光格四表至于海隅日出越小大邦蠻貊師長
罔不欽于成憲以承天休然天子猶日省三揖列辟
曰聽万方輿頌懼人有未化賢有未登故躭仄陋
兼乎十等選宗室及乎九族任事以觀材積時以
觀行乃得我賢京兆爲夫京兆號爲難理清靜病
於不給刀筆拘於守文或以軟弱廢或以賊殺劾把宿
負淺爲丈夫用鉤距蓋非長者我則異於是大道難
名大理無法閑閑於任數巧筭不能知堅壁於畫一

善政不能下摧宿豪如薙草無慍色視大權如歷塊
無傲容百司之務揔以奇而得正五方之人雜異教而
同理受命之始先聲已振黠吏惡少聞風族行及乎
鳴騶詣府登堂坐定縣尹掾史以次上謁守正之人其
氣高含章之人其詞大見容色而聞號令小人戚而
君子泰日者櫟陽男子閭里爲豪借客報仇聚人
爲盜或白日手刃或黃塵袖鎚政覺則以身先諸偷
掾急則以事中長吏貳過不已万計自脫公命吏縛
之立死頸下於是人入閭室若遇大賓焉前年不登
人額太甚野無遺秉路有委骨天子不忍征於不
粒賦於無衣六軍從衛以臨東諸侯息關中也帝曰

洽天其降賊人罔畏罪台恐寇益乃邑矧曰蕩析離
居惟尔克濟撫茲䝼公拜稽首思塞休命布慈惠
之政不以利涇振雷霆之威其或宥過饔人減雙
雞之膳圉人省五馬之秣陶不獻服坧不塡館自身己
徃振廩禀同食雖人煙不動道殣相望不思濫以苟生咸
守教以就死是不可能也先是王公或專南山之利司
農涸昆明之池汲岸澤將爲田以便官至是悉奏罷
之舟鮫衡麓之守廢蒲荷薪蒸之產入自郊徂邑
室有魚飱斬陰伐陽市多山木人得以贍唯涇有防
比歲多決近縣疲於書役他山匱於度材公命刮朽
壞塡巨石辨大木去編菅其始告勞乃終有慶匠

石日減功万歳史日省錢億農始音禾女始安織於
是鮐背黄髮之老曰我有田疇鎛秉其畝我有子
弟顔閔其行鄉黨以睦悔學失其獨道路有礼汰无
与爭酒先養老賄不問吏既無吠犬亦無姦人臨年餘資
幸蒙恵化其昌以臻茲君子曰此天子至公内舉不避
親錫汝明君張公之力也夫公於国爲外戚於帝爲外
弟重組累印珥香貂者七葉奉車駙馬乗朱輪
者十人勝衣則綺襦紈袴通籍則王墀青瑣動則
兩驂如舞坐則五鼎成列文軒棨制衣素女趙舞而
公儼兮其若容淡兮其无味心在四教語稱七悳目
視六箭籍口誦九歌懷君子令德之忠保詩人錫類之孝

悌有過於共被慈愍有踰於含食惡衣以居公服不敢
降也屈躬下士主綱不敢替也協二姓之好以正人倫旁
無嬖御分一人之憂以審官政下多英傑若夫皇帝敬
問之詔御札自書天王命賜之衣上宮所製勞勤則中
使接武計議則走馬來朝豈唯衆臣重其經術爲
吏雜以儒雅而已且公之拜闕于天非一朝夕之漸也亦
所以稱職於累官著嘉於所在其丞祕書也闕文遺
簡多在大家深爲子孫之藏密有緘縢之固公不憚
權貴或抵或誘盡歸天閣官書備焉其牧郢也
人有不若德懇之不爲懸人有不保居撫之不爲
諂存者老其事壯其食以畜之行者緝其宮熟其

樹以待之此邦之人既優他邦之人又重焉未乃盈一歲遂增万户其守汾也仍歲大旱郡祠介推雖屢舞僊僊而靈應未若公命東蘊取火伐樹資薪釃酒而祝曰有功於人祀為明神無德而禄禍亦覆餗自絳已來人實祀子純犧大璧一不敢愛必以薦也童兒季女不敢黷必以敬也神既靡答人將安仰若亭午而雨則樹甘營鳥羽執此騂毛不然者火燎將至燬天爍地靈不足為煨燼豐屋將為茂草尔其圖之言未畢而雲興耜未起而雨降周於闔境不入他郡雖封疆咫尺而彼竭我盈嘻若記能事載盛德渭川之竹不足簡終南之木不足軸夫訓人至於礼義曰德

安人免於阽危曰功德者上賞於上下頌於下長老
孜孜願刊于石以予學於舊史来即我謀且維与
人編戶与人爲伍与人出入與人言語知風俗之淳弊
識政化之源本屬詞媿文書事盖實詞曰
五代相韓七葉侍漢及我聖朝亦生邦翰大道無形
自盡以幹含章不耀在割能斷情僞万端吾道一
貫帝選賢尹亮以易張金印紫綬京兆之章佩我
鳴玉冠我兩梁天子休命拜手以將寬而愛人立滅暴
強明明天子哀此南畝將息西人遂覲東后我敎我
訓我鎮我守茫茫三秦則固餬口守死以全我徇生不苟
王曰外弟視人不佻何以能之手書以詔何以問之賜衣

而朝碑今華胥致君帝堯咒刻石作頌永世孫昭

魏郡太守河北採訪處置使上黨苗公德政碑并序

五方殊俗魏風婉而其人舒九土異宜冀田壤而其賦錯前政有寬猛之異時令有班藝之差非夫酌舊典於可行啓新圖於必當多方而不失正一貫而或從權曲成便人大抵厚俗選衆而舉非公而誰公先自吏部侍郎出爲安康郡太守某載月日詔以公爲魏郡太守河北道採訪處置使公諱某字某某郡縣人也其出處本末并世冠冕見國史家諜詳焉凡邦伯到官詔使按部或閉閣思政或下車作威或勅吏爲明或移書示禁公異於是可略而言公素號鮮明積有治行

宿訟不決之務餘地割分疑獄自誣之枉容光立照故陋其思政也安全長吏不遂老丞成就諸生光教小史導德齊禮有恥且格故鄙其作威也謝直長之間勞野次之賢吏悉謂爲神明人不隱其毫髮故無事劾吏也列郡供職清節銷其過求諸曹報簿直筆破其巧抵故不待移書也山東古之七雄河北有其四國地方數千里人蓋億萬計獻子三歎之饋滋無舊德平原十日之飲顧有遺風朱亥袖鎚真豪雄扼腕曹王拂局輕薄爲心奢泰擬都護之堂遲緩學邯鄲之步公抑末技以敦本斥浮食以歸農督課八政擇良吏以追行講求六籍置學官於便坐於是橫經左塾力穡先

疇盡業農桑大興庠序家知禮義更式段子之廬戶
有京坻增修史起之貌叢臺歌舞成市鄴郡帝王舊
都袨服靚粧挾筑怗屣從淇上留客河間數錢公課其
組維之庸開其婚嫁之節治容絕四方之袖織室致五
匹之工刑於上官訓及處子鄭聲衛樂共棄師襄趙
帶燕裾思齊漆室漁陽騎客奏報本朝鞮海
樓舡連漕絕域郊迎館給不敢淫其芻蕘水路陸徭
盡甚安於枕席其載月日詔賜紫袍玉帶金魚袋
衣若干副方伯十聯賴其澄清之譽天子七命賜
以安吉之衣緹油屏車璽書增秩未是過也勝
殘之化既成觀俗之風允穆優遊無事學官思歸

況乎父母之邦近在嬰兒之國表請拜掃有詔許焉
預約守宰幸無偵候至郡則投刺上謁至邑則捨
車而徒展礼先塋推心泣血迴趨長老稽顙緒言
宗人族姻姑黨姪行覿以重幣筐篚徧於里閭享有
加牢羊酒溢於衢陌朱軒駟馬燿於衡門紫綬雙
龜幽入編戶蘇公佩印始歸鄉里盡歡踈傳散金
不與子孫爲計迨乎將去仍以餘資一里置社備養
生送死之具一置鄉校開閲礼敎詩之本相如衣錦
且飛大漢檄書買臣懷綬不德長安竊吏故使巴
蜀太守負弩前駈會稽守丞引章早下拜此蓋根
不禮於他日思釋憾於故鄉是輕桑梓之人適聘汁

簡之志豈若公自心而至率礼無違來悅去思推才降幹平陽傅舍不許望塵山陰吏卒詎聞治道富貴還鄉榮之至也揚名顯親孝之終也凡百君子無一至焉公當九伯之官兼八使之任深揔之弊不求於無震於草竊政成悳舉風動神行頃有勲目旁典屬郡曩者風雲際會攀附騰驤貪天之功以爲己力謂国不忘尚嘉乃勲宋父宣驕條侯倨貴當開常從横恣不法帷帳狗馬僭侈踰制公劾之則重傷国恩置之則大虧邦典於是喻以禍福告之話言昔有不受趙城將蹈滄海既尊漢室願遂赤松功成不居道家所韙至於析珪分組

跨壤連州懷四術而自疑見九重而失望或究家
上變司敗受辭朝享膏粱寧知獄吏暮成葅醢
遍賜諸侯難恃白馬之盟徒思黄犬之樂彫牆峻宇
万乘猶憚十倪古紫衣狐裘一朝而數三罪雖嬿
絳灌等列不逾梁楚爲墟於是翕肩振驚折
節度教杜門謝絶賓客終身不紊紀綱以寛服
人實在有德厥有挟左道飛訛言南国青珠之符
東海赤刀之術分風送客刳水飲人僞辯而納之於
邪善誘而濟之以悪戸外多保汝之屨恐爲乱階
門前無長者之車知其惑衆公奉誅首悪悉宥
一面從丕蔽要囚惟長折獄議事以制不徵於書副至

仁之納隍用輕典於平国刑期不濫人乃大安奏課
計功天下小察責吏以實則舉其不矜欲人自新則
貰其宿負官以德舉政以礼成至於賞善勸能正源
端本齊風變曾蓋以悉礼名儒晉盜奔秦豈俟
多誅惡少納貢獻賊則唯恐居後疇庸命賞則
義不敢先布以聖恩奉宣明王之詔問其理狀對
用議曹之言邦家之光其斯謂矣年若干秀才擢
弟應制舉第若干等授某官歷某官若夫明眸
白皙玉潤珠耀美秀備於儀形風流發於言笑行
之方也留如守司智之圓也速若發括量包羣
有思入無間壞壁古文曲臺遺礼淮王九師之易

漢氏三家之詩傳儞書法應爲揚學府此文園入室之武同丞相登科之策奏甚平讝詩窮綺靡硯燔紙貴虎視詞林嘗奉和聖製春雨中春望詩云雨後山川光正發雲端花柳意無窮又奉和行幸詩云接仗風雲動迎軍鳥獸舞時人以爲鮑叅軍謝吏部爲更生曰某年月日詔除公河東太守兼採訪使官吏百姓等或守闕乞留或遮道更借洟增時雨思結仁風親愛之深諱名而號爲父歌詠不足取性以命其兒公既去官多歷年所人思愈甚共立生祠巽邑居而允合無契約而麕至恐不預於聚財懼不住平輸力崇樹勿翦何如審

像圖形桐鄉置祠豈比耳聞身歿以此觀悳何德之源仍建豐碑立於祠宇匍匐千里前後百輩永綴詞之客為頌德之文維也竊比老農不知舊史衆心所至難柳與於輿人子病未能不獲已於求我乃為頌曰

禹別九分漢分八使寔惟方伯且曰連帥建節秉軺觀風察吏山東河北全趙大魏按方任能惟名與器蓋非其才孰享斯位天子命我導揚皇風敬敷勸學通商惠工法去太甚政貴得中守丞老病小吏童蒙督郵不遂博士成功遂安賢者大啓儒宮四國之餘一都之會平原舊俗信陵遺態博塞

以遊推埋爲害叢臺淇水燕裾趙帶淳化旁屬貞風傲載劈纊卷綃橫經秉耒清節峻邈碩量弘深投書置水酹酒捐金樹德滋蔓持刑不淫詭言免坐倨貴懷音繡衣羆斧墨綬停琴既此時雨當闢作霖申哀松柏展敬桑梓伏謁公門徒行故里推心馬鬣啟顙鯢齒身紆紫授礼及童穉帝賜黃金盡於筐篚社養宗人學招邑子能事具舉令問允穆穆爾王書改印緹油轉轂壁挂胡牀舍留官犢人吏老幼涕泗號哭頌德豊碑圖形華屋閟寶數美稜影更僕

故右驍衛長史賜丹州刺史任君神道碑

并序

君諱某字某其先奚仲之後於周為上卿世有功列於諸侯氏則住鬱為著族後有官於京兆者子孫因家焉今為万年縣人也遠祖某漢河東太守曾祖某周清河太守先復舊職異世而同符祖某隋梁州南鄭縣令父某皇石州離石縣令不墜象賢一門而二鳧舄皆為政以德遺愛在人能高其門必有興者雖不當代果生達人君離石府君之弟某子也僅一賢之期鍾累葉之善忠孝自得稟乎天姿詩禮輔成濯以庭訓文含四始雕虫之技附庸武有七德啼猿之術居外明經者皓首弱歲成儒達法者齒胄端居曉吏以鄉貢明經擢第解褐益

州新都尉居無何丁母憂廬以長號淚少於血杖
而後起骨餘於形彈琴不成從先王之禮捧笙傳
慟有終身之哀服闋授左金吾衛兵曹參軍轉左
衛録事參軍又遷右豹韜衛長史王樂爲用率
武夫以扞城人愛其才稱君子之爲衛方將冠章
甫之冠衣縫掖之衣奏議雲臺論政赤墀一見天
子必爲之前席帝三說大臣必爲之解印若端委以
相六合盡宅心於帝庭授鉞董戎八蠻可傳首於
魏闕然後挂冠東都拂衣五湖高蹈煙虹笑謝珪
組天命不祐沮我良策春秋若干以某年月日寢
疾卒於永興里第某年月日葬於京兆神和

原礼也嗣子曰某善繼先志克成厥家多藝多
才安英賓選匪賓寶十城之價不以力聞万夫
之敵命同御座漢帝以恩待故人超將中軍先軫
以才登元帥以某年月日從駕謁五陵天子若曰
自古明主因心以孝待人由己以施物故休戚共憂
樂同也其贈羽林將軍任某父使持節冊州諸軍
事冊州刺史欲其事則命以始寵其身以及其親明
主所以盡心忠臣所以盡力故羊舌職悦是賞也
陳力異代官成聖朝修文下泉名在天爵前賢
陰德雖貽慶於後昆徧子揚名乃大顯於先父
養則致樂沒而有稱昔也爲士享唯將軍之食

今則典邦葬亦諸侯之礼皇帝命之太史書之報昊天之恩曾舉世未有豈與夫手樹行櫝躬廬長松負土成墳傭身以葬匹夫之孝同年而語哉君少有大略長而能賢貞安於仁樂於善厚生以儉守智以愚視是所及筆硯盈庭其力文也容膝之外圖書滿屋其嗜學也八躰之能右軍曾未知翰五弦之妙中散何擅於琴以礼庇身以清守官惟邦之彥惟国之翰夫人河東裴氏始以其爲光禄也封河東郡君及是又贈河東郡太君子之忠毋之教毋以子貴不亦宜乎司文者執簡以往利石旌德其詞曰

薛侯之裔兮代濟其美矣不殞其名是生碩悳兮

爲世作程忠不祚孝不福兮早謝休明身爲士兮
子爲御文將羽林兮統天兵天子寵兮爲崇榮贈
我武符兮賜我車城青松寂寂兮晝無人声狗不吠
雞不鳴蒼茫千古兮孰云旌賴孝子兮揭音英

大唐故臨汝郡太守贈秘書監京兆韋公神
道碑銘 并序

坑七族而不顧赴五鼎而如歸徇千載之名輕一朝之
命烈士之勇也隱身流涕獄急不見南冠而縶遜
詞以免北風忽起刎頸送君智士之勇也種族其家
則廢先君之嗣戮辱及室則累天子之姻非苟免以
全其生思得當有以報漢弃身爲餌俛首入槀傒

就以乱其謀佯愚以折其僭謝安伺桓温之亟蔡
邕制董卓之邪然後呑藥自裁嘔血而死仁者
之勇夫子爲之公諱某字某京兆杜陵人也昔豕
韋氏主盟於商後扶陽侯重世相漢高祖某官
父某某官並勳德茂著史諜詳焉公即文貞公之
仲子也初以宰相子弁髦署吏抱拜授封加朝散
大夫封平樂郡公累拜某官丁文貞公憂又丁某
國夫人憂無容顔礼殆不勝喪終身之痛歴稔
猶毀幼無童心長積純氣抱其天素立于人紀先
聖微言宿儒未辨貫穿精義總括旁說文言
蔚於與表筆態奼於力外子虛上林敢云雄似

黃庭圖扇方議鵷行鶴氅之姿羊車奪映會選公
壻詔婚王室天家焜燿獨任素風時論騰踴宜在
右職乃拜中書舍人動朔風之詠啓迪古詩下流水
之書敦崇雅誥轉太常少卿六宗九奏悉具其
儀天神地祇可得而礼俄入親累貶巴陵太守移
壽春太守又遷臨汝太守其理務教訓其政尚寬
謂其叙在六官又踐三事疇咨帝載必歌九功之[illegible]
式和人則必復三代之英天子避其用親姦吕要其
異邑漏衍竟發揚雄未遷抑古人而有之何夫子
之命也逆賊安祿山吠堯之犬驅彼六縣憑恣武之
狐猶威百獸藉天子之寵稱天子之官徵天子之兵

逆天子之命始亙幽薊稍逼温洛云誅君側尚惑人
心列郡無備百司安堵變折衝爲賊矣兼法令而盜
之將逃者已落彀中謝病者先之死地密布羅網
遥施陷穽舉足便跌奮飛即挂智不能自謀勇無
所致力賊使其騎劫之以兵署之以職以拏爲質遣吏
挾行公潰其腹心候其間隙義覃復元惡以雪大恥嗚
呼上京既駭法駕大遷天地不仁穀洛方鬭鑿齒
入國磨牙食人君子爲投檻之猨小臣若喪家之狗
僞疾將遁以猜見囚勺飲不入者一旬穢溺不離
者十月白刃臨者四至赤棒守者五人刀環築口戟技
叉頸縛送賊庭實賴天幸　上帝不降罪疾逆賊惆瘝

在身無暇戮人自憂爲厲公哀予微節私予以誠推
食飯我致館休我畢今日歡泣數行下示予佩玦斫手
長吁座客更衣附耳而語指其心曰積憤攻中流痛成
疾恨不見戮專車之骨梟枕鼓之頭焚骸四衢然臍
三日見子而死知余此公之明日而卒某年月日絶於洛
陽某之私第以某月日返葬於某原礼也皇帝中興
悲憐其意下詔襃美贈秘書監制曰去去天下之人謂
之賞不失德矣公敦穆孝友明允篤誠高居化源濡
跡物軌元昆曰陟伯與仲居愛之欲無方視之若不足
薄其私而厚其室抑而已而讓其名故有靈芝聳
蓋嘉木連理時人以爲孝悌之祥而公昆季謙而不以

聞世維穉弱之契晩年弥篤吾實知之能言老乃爲
銘曰銘云

王右丞文集卷第九

王右丞文集卷第十 碑墓誌八首

大唐大安國寺故大德淨覺禪師碑銘并序

光宅眞空心王之四履建功無㝵法將之乃勝故大塊群
籟無絃出法化之聲恒沙衆形爲寶嚴之邑至和六
師兆乱四諦祖征開甘靈狹小之門出臭煙朽故之宅
踞寶牀而搖白拂徐誘草庵沃金瓶而繫素繒遂
登蓮座足使天口雄辯刮語燒書河目大儒捨仁擊

義斯爲究竟孰不歸依禪師法名淨覺俗姓韋氏
孝和皇帝庶人之弟也中宗之時後宮用事女謁寢
盛主柄潛移戚里之親固分珪組屬籍之外亦綰銀黃
況乎天倫將議封拜促尚方令鑄印命尚書使備策詔
朝而五土開國信宿而駟馬朝天禪師歎曰昔我太師
尚以菩提釋位今我小子欲以恩澤爲侯仁遠乎哉
行之即是裂裳裹足以宵遁乞食餬口以兼行入太
行山削髮受其尋某禪師故蘭若居焉猛虎舐
足毒蚺燻體山神獻果天女散花澹尓宴安曾無
喜懼先有涸泉枯栢至是布葉跳波東魏神泉
應焚香而忽湧北天衆果倏飛錫而還生禪枝必

後之徵法水再興之象聞東京有賾大師乃脫屨戶前摳衣座下天資義性半字敵於多聞宿植聖胎一瞬超於累劫九次第定乘風雲而不留三解脫門揭日月而常照雪山童子不顧芭蕉之身雲地比丘欲成甘蔗之種大師委運遂廣化緣海澄而龍頷珠明雷震而象牙花發外家公主長跪獻衣薦紳先生却行擁篲乞言於無說請益於又損天池盃水遍含秋月之輝草葉樹根皆霑宿雨之潤不窺世典門人與宣父中分不受人爵禀食與封君相比至於律儀細行由來護持經典深宗毫釐剖析窮其二翼即入佛乘趣得一毛亦成僧寶

於是同凡現疾處順將終忽謂衆人有疑皆問我於
是夜當入無餘開口乃言音和水馬踴身七樹光映
天人如暫出行泯然趺坐以某載月日歸大寂滅某
月日遷神於少陵原赤谷蘭若香油細氎用以茶毗
合璧連珠爲之葬具城門至於谷口幡蓋相連法
侶之與都人縞素相半叩膺拔髮灑水坌塵升堂
入室之徒數喻七十破山澍海之哭声振三千則有
僧某乙尼某乙故惠莊某氏某郡主賢者某之等
各在衆中爲共上首或行如白雪或名詎紅蓮或爲
勝鬘夫人或冊毗耶居七二空法外何處進求七覺
分中誰當決釋猶依舍利冀獲菩提身塔不出虎

溪渓碑有同羊峻表心成相相非離於真如叙德以
言言豈著於文字乃爲銘曰
小三千界後五百年空乘玉牒莫覩余仙無量義
處如來之禪皆同日論誰契心傳其一弟在人間各歸
鳳闕去日留訓別時翦髮累錫金錢將加印綬忽
尓宵遁終然兩絕其二杖頭與子道裏足尋師一花寶
樹八水香池戒生忍草定長禪枝不疑少父更似嬰
兒其三既立勝幡併摧邪網利眼金翅圓身寶掌巧
攝死龍能調老象魔種敗壞聖胎長養其四生滅
度五陰虛空無說無意非異非同此身何處彼岸成功
當觀水月莫怨松風其五

能禪師碑　并序為人作

無有可捨是達有源无空可住是知空本離寂非動乘化用常在百法而无得周万物而不殆鼓枻海師不知菩提之行散花天女能變声聞之身則知法本不生因心起見見而可取法則常如世之至人有證於此得无漏不盡漏度有為非无為者其推我曹溪禪師俗姓盧氏某郡某縣人也名是虚假不生族姓之家法无中邊不居華夏之地善習表於兒戲利根發於童心不私其身臭味於耕桑之侶苟行其道羶行於蠻貊之鄉年若干事黄梅忍大師願竭其力即安於井臼素刳其心獲悟於稊稗每

大師登座斈衆盈庭中有三乘之根共聽一音之法
禪師默然受教曾不起予退省其私迴超无我
其有猷懷渴鹿之想尚求飛鳥之跡香飯未消
獘衣仍覆皆曰升堂入室測海窮天謂得黄帝之
珠堪受法王之印大師心知獨得謙而不鳴回何言
哉聖与仁豈敢子曰賜也吾与汝弗如臨終遂密
授以祖師袈裟而謂之曰物忌獨賢人悪出己予
且死矣汝其行乎禪師遂懷宝迷邦銷聲異域
衆生爲淨土雜居止於編人世事是度門混農商
於勞侶如此積十六載南海有印宗法師講涅槃
經禪師聽於座下因問大義質以眞乘既不能

酬翻從請益乃歎曰化身菩薩在此色身肉眼凡夫願開惠眼遂領其屬盡詣禪居奉爲挂衣親自削髪於是大興法雨普灑客塵乃教人以忍曰忍者無生方得無我始成於初發心以爲教首至於定無所入慧無所依大身過於十方本覺超於三世根塵不滅非色滅空行願無成即凡成聖舉足下足長在道場是心是情同歸性海商人告倦自息化城窮子無疑直開寶藏其有不植德本難入頓門未繫空花之狂曾非思日之咎嘗歎曰七寶布施等恒河沙億劫修行盡大地墨不如無爲之運無礙之慈弘濟四大生庇三有既而

道德遍覆名聲普聞泉舘卉服之人去聖歷刧途
身穿耳之國航海窮年皆願拭目於龍象之姿忘
身於鯨鯢之口駢立於戶外趺坐於牀前林是旃檀更
無雜樹花惟薝蔔不嗅餘香皆以實歸多離妄執
九重延想萬里馳誠思布髮以奉迎願乂手而作礼
則天太后孝和皇帝並勑書勸諭徵赴京城禪師
子牟之心敢忘鳳闕遠公之足不過虎溪固以此辭
竟不奉詔遂送百衲袈裟及錢帛等供養天王
厚礼獻王衣於幻人女后宿因施金錢於化佛尚德
貴物異代同符至某載月日中忽謂門人曰吾將
行矣俄而異香滿室白虹屬地飯食訖而敷坐

沐浴山畢而更衣禪指不留水流燈焰全身永謝
薪盡火滅山崩川竭鳥哭猿啼諸人唱言人無眼
目列郡慟哭世且空虛某月日遷神於曹溪安
座於某所擇吉祥之地不待青烏變功德之林皆
成白鶴嗚呼大師至性淳一天姿貞素百福成相
衆妙會心經行宴息皆在正受談笑語言曾無戲
論故能五天重跡百越稽首脩蛇雄虺毒螫之氣
銷跳殳彎弓猜悍之風變畋漁悉罷蠱酖知非多
絶羶腥效桑門之食悉棄罟網襲稻田之衣永
惟浮圖之法實助皇王之化弟子曰神會遇師於
晚景聞道於長年廣量出於凡心利智踰於宿

學雖末後供樂最上乘光師所明有類獻珠之願世人未識猶多抱玉之悲謂余知道以頌見託偈曰五蘊本空六塵非有衆生倒計不知正受蓮花承足楊枝生肘苟離身心孰爲休咎其一至人達觀與佛齊功无心捨有何處依空不着三界徒勞八風以慈利智遂與宗通其二愍彼偏方不聞正法俯同惡類將興善業教忍斷嗔脩慈捨獵世界一花祖宗六葉其三大開寶藏明示衣珠本源常在妄轍遂殊過動離俱不俱吾道如是道豈在吾其四道遍四生常依六趣有漏聖智無義章句六十二種一百八喻悉無所得應如是住其五

大薦福寺大德道光禪師塔銘 并序

禪師諱道光本姓李緜州巴西人其先有時有流
若實有蜀蓋子孫爲民大父懷節隱峨嵋山行
无轍跡其季父榮爲道士有文知名禪師幼孤
在諸兒中其神獨不偶家頗苦之絶去詣鄉校見
周孔書曰世教耳誓苦行求佛道入山林割肉施
鳥獸鍊指燒臂入般舟道場百日晝夜經行遇五
臺寳鑑禪師曰吾周行天下未有如尔可教遂密
授頓教得解脫知見舍空不域即動無朕不觀攝
見順有離覺毛端族奉佛刹掌上斷置世界不
觀非咎應度方知得其門者寡故道俗之煩而

息化城指盡謂窮性海而已焉足知恒沙德用法
界真有哉春秋五十二凡三十二夏以大唐開天二十
七年五月二十三日入般涅槃於薦福僧坊門人
明空等建塔於長安城南畢原人天會葬涕泗
如雨禅師之不可得法如此其世行遺教如一切賢
聖維十年座下俯伏受教欲以毫末度量虚空无
有是處誌其舍利所在而已銘曰
嗚呼人天尊全身舍利在畢原

工部楊尚書夫人贈太原郡夫人京兆王氏墓誌銘并序

夫人諱某京兆霸城人也晉出三家公子尊於魏
國秦亡六国時人謂之王家　河南則分虎臨人華陰

則老能熙當道高祖德真皇左僕射祖九思京兆府
三原縣令父潜河南府鄗城縣令六名之後重光不
替夫人令儀淑德發於天姿閲礼明詩傳乎世業
言成女誡可　著於縑緗行爲女師詎資於行待豈
止彈琴吐論誦賦二詩而已及乎有行嬪于君子事姑
至孝旁穆々六姻爲母深慈均養七子男以無雙令德降
帝子於鳳樓女則第一解空歸法王之象教閨門之訓
朝野稱多既而家列公侯地連妃主珠翠滿座不御
釆衣方丈盈前唯甘素食同德大師大照和尚覩如
來之奥昭群有之源夫人一入空門便蒙法印牛重緇
幰無復餘乗龍藏寶經悉通不義惠用圓滿識

力堅嚴藥藉茹葷雖愈疾而不受心已久淨繖設
蓋而常安以某年月日奄歸大寂於長興里之私第
歔欷寢疾弥曠旬時駙馬上人柴毀骨立揮淚嘗藥
身不解衣泣血持經手不釋卷晝夜懺悔非止六時
身命供養寧唯七寶御醫繼踵中使重跡寃苦不
亙空楚外國之香生也有涯非無上天之樂某月日有詔
追贈太原郡夫人襄城石窌增寵其榮名翟茀魚軒
空悲於象設以某月日安厝于某原禮也功德之至
散花天女不留釋梵之筵勝鬘夫人何在嗚呼哀哉
乃爲銘曰
天生淑德實俾宜家特能柔順深弃驕奢詎離寰

珮不御其華一其婦道允諧毋儀具美每出誡夫停飡訓
子賦掩西征書教内史一其門容高靈庭列長筵男乗
翠鳳女比紅蓮繁華貴里寂寞安禪象兮舊女君鴈鸛
含香兮礼闈夕青瑣兮黄扉方夫公兮寮啓建出牧
兮高㦸俄入守兮京兆賜黄金兮被皀衣捐余珮兮
江中隠思君兮不可窮歌泰山兮不返夢濟洹兮遂
空素車兮逶遲宛鄉関兮故待望国門兮不入到
秦山兮不知瞻舊域兮松楸平原夕兮素滻愁魂
兮歸来江南不可以久留

唐故潞州刺史王府君夫人滎国夫人墓誌銘并序

夫人姓盧氏范陽人也昔堯命伯夷典秩宗號大常為

尚父桓襃之際公手食盧卯金故人王於大国越石從事官至中郎曾祖士會隋行臺侍御史祖某皇朝奉礼郎父某亳豪淄邛等三州刺史持斧衣繡威加不法莫王瘗帛舉先違礼守臨淄而齊兒不詐去臨邛而蜀物盡留夫人即府君之長女積累世之德鍾二門之美儀表秀整進止詳閑不咨保傅動由詩礼既以士族冠時遂歸齊大之偶持門戶内事舅姑枕席温清於堂上環珮逶迤於堂下不脫簪珥親當澣濯玄纁可實於筐篚粢盛可獻於宗廟魚軒或駕翟茀而朝衆婦於是脩容夫人專之以礼克賛君子累至大官雅政清德實多左右潞州早世深秉義

方母儀可則庭訓不替女史之學多讚大家之書衆婦之儀盡禀夫人之法天与咸德不降永年以某月日寢疾薨於長安善和里享年若干以某月日合祔某山原礼也子某某官淳孝之性泣血待盡永惟令德固不可泯彰示後人乃刋于石銘曰有姜之後或邑於盧歷代種德示有稱狐從事文府振轡長途其一憲府持法奉常秉礼皇考專城署章郡邸厚德重跡深仁継躰其二降生哲人其行惟惇儀形衆庶門冠諸姻齊萋宋子敢望清塵其三君子之貳實貫閨高義乃躬澣濯先晨簪珥稀及外親敬是中饋其四母儀旣峻庭訓載揚子以才貴煌煌寵章馳驛雖駐令問空長其五壽詩

宫既啓高堂永寂千秋万古山川松栢紀德誌行唯玆
貞石其六

汧陽郡太守王公夫人安喜縣君成氏墓誌銘并序
夫人字某某郡人也其先周成王之後古之錫姓命氏或
以先父之職官或因始祖之名謚漢魏以降史諜詳焉
曾祖休寧某官祖某某官襲封常山公貳公執帛
調護儲闈九伯剖符典日方兵漢雄左輔賓貫拜翁
歸周命僕臣惟兹伯冏夫人即太僕府君之第二女
也世有明訓家無遺德蕙心紈質豈曰師成螓
首蛾眉柳雅天与同雲降雪常聞柳絮之詩獻
歲發春即賦椒花之頌言事姑舅宜其家室寢

門纔闢笄六珈而問安擊鍾未晞具八籩而獻饋漆朱與綠不愆公子之衣采藻及蘋有甚季姜之祭魚軒翟茀爲諸侯之夫人鳴佩雜環對有國之君子綺疏寓目耿選賢人青帳藩身用酬高論善持門户能睦族姻識良人之從畋不眥原獸訓愛子之爲政遂返池魚言成大家之書行爲衆婦之法至於彈琴製賦纂組攻書具舉百事之能仍居四德之外嗚呼降年不永春秋五十以某載月日薨於長安平康里之私第某月日祔于咸陽洪瀆原之先塋礼也不獲偕老空傷奉倩之神未始有生誰達莊周之理長子濡前某官次子澄

其官次曰某某官及女等連連泣盤煢在疚哀纏聖善痛七子之無依文叙寒淵冀九原之可識乃爲銘曰　齊侯之子兮衛侯之妻膚如凝脂兮手如柔荑奉初之嘉訓兮淑德日躋供養兮姑舅簪珥問安兮先夜漏製衣三　兮玄纁具五獻立兮籩豆翟茀兮錦衣鸞魚軒兮來歸從如雲兮滿中闈怨形沈兮影絶夫傷神兮子泣血悲餘澤兮猶在怨迴紋兮未滅返葬兮咸陽寒天暮兮渭水長嗟梧桐兮半死無雙飛兮鳳皇

故任城縣尉裴府君墓誌銘

天寶二年正月十二日唐故魯郡任城縣尉河東裴

府君卒於西京新昌坊私第享年三十九嗚呼哀哉君諱田字玉温河東聞喜人也曾祖弘春皇雍州録事參軍贈上黨長史祖思義皇侍御史吏部員外左司郎中户部吏部侍郎河東郡太守晉城縣開國子父駿珍皇薛王府騎曹參軍自晉已降世爲冠族令德不替以至於君夫其事親孝兄弟順與朋友信其從政公平而壽不中年官才一命慈母在堂諸弟未仕兒未有識女且嬰孩妻夭於前身歿於後天可問邪其若老親何其若季仲諸孤何生人之悲莫甚於是家貧祭以棗脯殮以時服以某月日祔葬鳳棲原先府君之塋嗚呼有河東裴子之墓

誌蓋古有之繼後之知者亦何有哉銘曰
一死万紀終天不復爲之奈何哀哀慟哭罷優載至廣燕
類繁育万物方春而就工未茫眛何之

長恥用鈎拒得情好以春秋輔義奏事盡成律令為
吏飾以文儒上悅其純方倚以政頃坐營谷口別業貶
高平太守又坐安令有罪貶吳興郡別駕諸葛田園未
啓明主華陰傾巧卒敗名儒天寶九載六月二十一日
寢疾薨於官舍享年六十有五曁國家推五運之

紀撥千歲之統開釋天地與之更始有万方之來朝
蘇叙百官之喪職秩苟有位者咸得預焉而公濺然
不良及也虛蒙大賴重以爲哀夫人河東柳氏祖某
某官言配齊侯實惟來子人傅夫人之礼家有大家
之書以開元五年五月六日先公而卒至是以天寶
十載十月二十四日合附陪於藍田白鹿原長山公
先塋礼也長子曰某官居憂而卒子某嗣子某前殿
中侍御史貶晉陵郡司次子某等倚廬野次方銜桃
塊之哀輿櫬歸來尚抱長沙之譴公之輸力王室公
之紀勲太常言於國竭情無私理於家陳信無媿降
年不亦非命而何誌則有由式題季之之墓宅不改

[illegible]有滕公之銘銘曰

王右丞文集卷第十

此宋刻王右丞文集十卷二册頃余友陶蘊輝從都中寄来而得之者也先是蘊輝在蘇時余與商摧古書謂讀書敏求記中物須為我購之今茲八月中旬有人自北来者寄我三種書此本而外尚有元刻許丁卯集及宋刻小字本說文来札云王右丞文集即所謂山中一半雨本許丁卯集即所謂較宋板多詩幾大半本可見余心留心蒐訪竟孰讀也是翁書以為左劵而不負余託惜以物主居奇必与說文并售索直白金百二而余又以說文已置一部不復重出作書復之許以二十六金得此兩書札往返再三竟能如願

不特幸余得書之福亦重感余友購書之力也此書作山中一半雨本尚見劉須溪評點元刻止詩六卷見藏周香嚴家香嚴又藏何義門校宋本亦止詩無文雖同出傳是樓而敘次紊亂字句不同非一本矣十月十三日毛二榕坪過訪士禮居余知其能識古書出此相質榕坪并為余言向見桐鄉金氏本板刻差大詩中亦作山中一半雨文則無有也與此更非一本益見此刻在最善而余所藏抑何幸歟客去携書插架即跋數語于尾

蕘圃黄丕烈識

嘉慶癸酉中秋後八日偶過五柳居知新從無錫人買得元刻劉須溪評點王右丞詩即借歸與宋刻對其序次悉同擬購之未知許否也廿四日復翁記

不鮮明箇所一覧

一、缺落破損部分（宋蜀刊本により補う）

第六卷第二首「出塞作」→校異表を參照

第七卷第一首「賀古樂器表」

臣某言伏見今月七日中書門下勑牒道士申太芝奏稱伏奉恩旨令臣往名山修功德去六月二十日於南海葛洪居處至誠祈請中夜恍惚見一老人云是茅山羅浮神人常於七曜洞來往昔曾九疑山於桂陽石室中藏天藥一部歲月久遠變爲五野豬彼郡百姓捉獲汝可往取獻皇帝每祈祭但依方安置奏之……所求必遂壽命延長……尋問百姓……音律相和……不獲隨例抃舞不任踴躍喜慶之至

第七卷第二首「賀玄元皇帝見眞容表」

臣某言伏見中書門下奏上黨郡……玉石眞容主上聖容今月十五日……

第十卷第四首「工部楊尙書夫人贈太原郡夫人京兆王氏墓誌銘」・第五首「唐故京兆尹長山公韓府君墓誌銘」（第五首は目次にもその題を缺く）

……銘曰天生淑德……寂寞安禪其三食必單笥衣無重采已庶愛河長游法海石寫盧封玉顏如在其四繁霜密雪碎菊摧蘭山花喜靜□□春寒平原松柏誰忍廻看其五

唐故京兆尹長山公韓府君墓誌銘

嗚呼謂天未喪斯文宣尼去魯而無祿謂天果輔有德樂毅辭燕而不歸夫子處順而終穆伯猶毀以請飾棺置境貟葬於周公諱某字某本出昌黎今爲京兆人也其先或方一衮赤寫介圭覲王朱英綠縢執訊擒敵周未謂侯相王始啓宜陽漢初功臣定封亦荒岱郡曾祖某某官某乙祖某隱居不仕父某御史大夫太子賓客封長山公遁世者名高善卷黔婁事君者位至倪寛卜式公卽長山府君之長子也神言有公侯之徵兒戲陳俎豆之法學成孫叔狀類咎繇工若于應文以經國擧甲科試右拾遺天祿閣

校文獻子雲之賦句馬生騤諫稱公高之官拜監察御史兵部員外郎埋輪憲府奏記玅大將軍賜筆禮闈董戎從小司馬轉度支郎中除給事中度錢穀之盈虛以均九賦
執制詔之可否以辨五書置王令於水源豐國財於天府尋知吏部選事興廢繼絕不遏前人之光選賢授能必當庶尹之任旌乎淑慝御以清通除許州刺史荊州大都督
府長史山南採訪使坐南陽令貶洪州都督遷蒲州刺史所履之官政皆尤異黜陟使奏課弟一徵爲京兆尹外家公主敢縱蒼頭盧兒黠吏惡少自擒赭衣偸長恥用鉤距
得情好以春秋輔議奏事盡成律令爲吏飾以文儒上悅其純方委以政頃坐營谷口別業貶高平太守又坐長安令有罪貶吳興郡別駕諸葛田園未啓明主華陰傾巧卒
敗名儒天寶九載六月二十一日寢疾薨於官舍享年六十有五暨國家推五運之紀按千歲之統釋天地與之更始宥萬方之未招蘇敍百官之卒爵秩苟有位者咸得預
焉而公淚然不見及也虛蒙大賴重以爲哀夫人河東柳氏父某某官言妃齊侯實惟宋子人傳夫人之禮家有大家之書以開元五年六月五日先公而卒以天寶十載十
月二十四日合祔陪於藍田鹿原長山公先塋禮也長子曰某居憂而卒次子某嗣子其前殿中侍御史貶晉陵郡司戶次子某等倚廬野次方銜枕言之哀輿櫬歸來尙抱
長沙之讉公子之輪力王室公之紀勳太常言於國竭情無私理於家陳信無愧降年不永非命而何誌則有由或題季子之墓宅不攺卜素有滕公之銘　銘曰帝問發之
苗裔兮受介圭以建侯中裂土以分晉又王韓兮臣既有此內美幼忠信兮爲乘登麒麟兮刪白虎冠獬

二、不鮮明箇所一覽

目錄	1b	1	送「神曲」
卷第一	3b	6	「帳」朱訂「悵」
	6b	11	「賣」故
	7b	11	「魚」加筆「漁」
			「夾」加筆「俠」
	9a	5	「睪」加筆「曙」
卷第二	9a	1	新叢出「舊」
	10a	1	朱旗「繞」
	13a	1	「桂」加筆「挂」
卷第三	3a	1	「□」加筆「海」
卷第四	1a	11	「不」加筆「文」
	1b	1	「幸」加筆「南」
		2	「歌」湖
	2a	5	「斤」加筆「斤」
		10	「答」加筆「苔」
	10b	9	「成」加筆「城」
	11a	1	「□」加筆「逕」
卷第五	1a	3	「言」加筆「京」
	6b	6	「戎」加筆「戍」
	8a	9	「□」加筆「沙」
	8b	3	「木幾佛」加筆「未幾拂」
		11	「身辤」
	9b	3	「翁」加筆「翁」
		3	「□」加筆「敎」
		6	「客」加筆「客」
	10b	10	「万」加筆「方」
	12a	6	「祢」加筆「你」
		7	「□」加筆「臣」
		8	「□□」加筆「人兒」
		10	「□」加筆「末」
	12b	7	「□」加筆「巾」
	13a	1	水「何」
	15a	4	紅「蓮」

卷第六 1a 9 「□」加筆「微」
10 「名」加筆「多」
6b 7 「雅」加筆「稚」
7b 3 男「兜」
8a 3 「隠」加筆「障」
6 一本作疏
10b 1 「孤」加筆「狐」
10 視「春」
11a 1 「捨」加筆「拾」
3 「疋」加筆「匹」
15b 9 「□」加筆「舒」
卷第七 2a 3 身「七」
8 「效祥願授」至
9 「護慙其九奏」雲
10 「韻」朱
2b 8 「□」加筆「如」
4a 7 成「不」
8 「大」寶
8 神「武應」道
10 「降」中
10 還「臨」
4b 5 「雲」山
11 「踴」躍

6a 8 「柚」加筆「抽」
7b 9 「□」加筆「不」
10a 3 「因」加筆「囚」
12a 7 淺學
卷第八 3a 8 故「曰」
4b 4 「靄」故
6a 5 「鍾」加筆「鐘」
7a 7 「而」終
7 「於」是
8 「金」簡
7b 5 「歸」魏
12b 11 「禦」侮
16b 11 「盍」加筆「蓋」
18a 1 昭「敬」
21a 3 「声」聞
22a 1 去「轅」
卷第九 1b 11 「恭」加筆「莽」
6a 5 「慈」加筆「茲」
10a 6 騰「驤」
10b 4 「數」三
11b 1 書「滔」
16a 5 稍「遷」
6 寛「簡」

卷第十 7 之「德」
1b 6 「□」加筆「發」
3b 6 「与」仁加筆「与」仁
6 「与」汝加筆「与」汝
7a 1 京「兆府」
7b 11 離「環」
11a 11 葬「於鳳」
11b 1 誌「之蓋」
3 何之「□□□□」加筆何之
「山川陵谷」
12a 2 公「泯然」

解題

米山寅太郎
高橋智注

この宋版王右丞文集の複製解題は、昭和五十一年六月、初度、複製された際のものである。それから三十年を經た、今次の汲古書院の再印に當たっては、當然ながら解題も改めて執筆せらるべき筈であった。しかしながら再印事業擔當の高橋智氏斷っての要請により、解題は舊のままを掲載し、それを補足充實する「注」の形で、高橋氏による研究を附載することとした。

王維、字は摩詰。年少く才華を顯わし、官に仕えて、晩年、尚書右丞に上った。(1)水墨山水畫を善くして、後世所謂南宗畫の祖と仰がれると共に、又典雅の詩を作り、李・杜(2)と竝んで盛唐を代表する詩人と稱される。その詩文集は、弟の縉が裒集編成して代宗に獻進したもので（唐書、文藝中、王維傳(3)）、宋史藝文志(4)（卷七）や晁公武の郡齋讀書志(5)（卷十七）には王維集十卷と著錄する。而して宋の陳振孫の直齋書錄解題(6)（卷十六）には、王右丞集十卷を掲げ、當時、建昌本と蜀本との二種が世に行われ、(7)その次序に異同のあったことを述べている。

本書は、南宋初年の麻沙坊刻本と云われる。(8)版式、版心は白口、字數・刻者姓名(9)あり、左右雙邊、每半葉十一行である。その匡郭の横幅がほぼ一定するに對し、高さは長短不齊で、十五・五糎から二十・三糎に至り、一行の字數亦十七字から二十二字と區々である。また、二卷末以後は、各卷末に接續して次卷の首を掲出し、卷每に頁葉を改めることをせず、(10)書中の文字には略字を使用することが多い。(11)本書はまた、時に誤刻の存することも免れないが、(12)後の劉辰翁評點の王右丞詩集六卷(13)（靜嘉堂文庫にはその元刋本を藏する。四部叢刋本はこれと同版である）等の依據するところであって、それら後世の諸本の誤りを訂すに足るものあり、顧廣圻はその手識(14)（卷首）に「偏取他本、勘其得失、雖宋刻亦有誤、而不似以後之妄改、究爲第一也」と述べている。卷中に注記する一本との校合の如きも、(15)字句異同の調査に缺くを得ぬ材料を提供するものである。

從來本書を認めて南宋初年の刋本となした理由の一つは、恐らく本書における宋諱の闕畫(16)の大體の把握にあったと思われる。

今その宋諱の闕畫について見るに、缺くあり、缺かざるあり、必ずしも精密ではない。而してその明瞭に缺くものは、朗・敬・驚・殷・筐・恆の外、貞・湞・徵（仁宗の諱）、曙・樹（英宗の諱）である。[17] この限りにおいて、本書の闕畫は南宋には及ばぬと見ることができる。更にもし巻八の「爲相國王公紫芝木瓜讚併序」の中の（第十七葉第十行）、「寄重股肱、故得（太上御名）祥、荐臻靈物」の（太上御名）祥に「禎祥」の字を當てることが許され（禎は仁宗の御名。後世の刻本はこの二字を嘉瑞に作る）、太上を皇帝の父の意なりとすれば、本書の刊刻は、南宋初年というより更に時期を上げて、北宋の英宗、乃至神宗の時代に在りと認め得るのではなかろうか。

かくして本書は、早ければ北宋の英宗、神宗の間、[18] おそくも南宋初年の刊刻であり、現存最古の王維集として、その文學研究上缺くことのできない基本資料である。

印記[19]竝びに手識[20]によれば、本書は明の時代、張欽[21]（張欽私印）、沈貞吉[22]（有竹居）の架藏に屬し、又、袁褧[23]の曾觀の書であった（巻四末、墨識一行）。清に入り、揆敍[24]（謙牧堂藏書記・兼牧堂書畫記）の有となり、錢曾[25]は讀書敏求記（巻四）に本書を載錄して、その佳なるを推稱した。その後徐乾學[26]（乾學之印・健菴）・季振宜[27]（振宜之印・季振宜藏書・季振宜字詵兮號滄葦）に珍藏せられ、以後、顧廣圻[28]（顧千里經眼記）・黃丕烈[29]（黃丕烈印・復翁・百宋一廛・士禮居・蕘圃過眼・蕘圃卅年精力所聚）・汪士鐘[30]（汪士鐘印・平陽汪氏藏書印・閬源眞賞）の諸名家を遞傳して郁松年[31]から陸心源[32]を經、明治四十年（一九〇七）、陸書の舶載に伴って岩崎家に歸し、靜嘉堂文庫に入ったものである。因みに本書は、昭和三十三年、重要文化財に指定せられた。

注

（1）王維は字を摩詰といい、これは、佛教における長者、維摩詰の名に基づく。太原祁（山西省祁縣）の人。父の處廉が汾州（山西省汾陽縣）の司馬（副長官）となり、蒲（蒲州・山西省永濟市）に移ったことにより、蒲の人ともいわれる。『舊唐書』（後晉、劉昫等撰）〈巻一九〇下・列傳第一四〇下・文苑下〉、また『新唐書』（宋、歐陽修等撰）〈巻二〇二・列傳第一二七・文藝中〉に傳を收める。沒年は七六一年（唐、肅宗の上元二年）であるが、生年については二説に別れる。七〇一年（唐、武后の長安元年）に生まれたという説。六九九年（唐、武后の聖曆二年）に生まれたという説。前者は、清の趙殿成（『王右丞集箋注』の著者）の「右丞年譜」以來、現代の王運熙・陳鐵民が從う説。後者は、岩波文庫『王維詩集』（小川環樹・都留春雄・入谷仙介）の解説・年譜、集英社『漢詩大系』（王維）、原田憲雄の解説などが從う説。なお、小林太市郎『王維の生涯と藝術』（全國書房・昭和十九年）は七〇一年説である。いずれにもせよ、王維の弟、王縉が唐の建中二年（七八一）に八十二歳で沒したという『新・舊唐書』王縉傳の記述からの逆算による推定によって生じる異説である。これについては、陳鐵民に「王維生年新探」（『文史』三〇・中華書局・一九八八）がある。

陳鐵民の『王維年譜』（中國古典文學基本叢書「王維集校注」・中華書局・一九九七、に附載）によれば、王維は開元九年（七二一）、二十一歳で進士に及第。太樂丞となるも、事に累坐して濟州（山東省）の司倉參軍として流された。その後、長安に戻り、右拾遺・監察御史・左補闕・庫部郎中・給事中などを歴任し、天寶十四年（七五五）の安祿山の亂に巻き込まれ罪を得たが、弟王縉の努力によって免れ、上元元年（七六〇）には、尚書右丞となった。

（2）『唐詩概説』（小川環樹・『中國詩人選集』別巻・岩波書店・昭和三十三）を參照。初唐（六一八～七〇九）、盛唐（七一〇～六五）、中唐（七六六～八三五）、晩唐（八三六～九〇六）の四變のなかで、盛唐期は、最も華やかな玄宗皇帝の時代に屬し、王維・孟浩然らの自然を詠む詩人、岑參・高適らの邊境を詠む詩人、そして、李白・杜甫という最大の詩人によって代表される。李白は七〇一～六二で王維と全く同時代の詩人。杜甫は七一二～七〇で、王維よりやや遅れる。

（3）王維の弟、王縉については、『舊唐書』巻一一八・列傳第六八、また、『新唐書』巻一四五・列傳第七〇に傳がある。字を夏卿といい、維とともに文名を著し、侍御史・武部員外を經、安祿山の亂が平定されると、國子祭酒・工部侍郎・左散騎常侍・兵部侍郎・黃門侍郎・同平章事・門下侍郎・中書門下平章事を歴任、宰相に登った人である。建中二年（七八一）八十二歳で亡くなった。その王縉が兵部侍郎であった時、文を好んだ代宗（在位七六三～七九）の命で、王維の詩文集を編纂して獻上した。『舊唐書』王維傳に、

代宗時、縉爲宰相、代宗好文、常謂縉曰「卿之伯氏、天寶中詩名冠代、朕嘗於諸王座、聞其樂章。今有多少文集、卿可進來。」縉曰「臣兄開元中詩百千餘篇、天寶事後、十不存一。比於中外親故間相與編綴、都得四百餘篇。」翌日上之、帝優詔褒賞。

とあり、また、『新唐書』王維傳に

寶應中、代宗語縉曰「朕嘗於諸王座、聞維樂章、今傳幾何。」遣中人王承華往取、縉裒集數十百篇上之。

と見える。

この靜嘉堂本には、巻第一の首に王縉の寶應二年（七六三）「進集表」と代宗の「答詔」が附され、『王右丞集』編纂の經緯と日時が明確に示されている。その後、幾たびか王維の詩文集は編纂を重ねたが、縉の編纂した原本により近いテキストであることも、靜嘉堂本の重要な價値の一つである。

（4）『宋史藝文志』は『宋史』（元、脱脱等撰）の巻二〇二《志第一五五藝文一》から巻二〇九《志第一六二藝文八》までに收載される宋代の見在書目。その藝文七・集類四の二、別集類に「王維集十巻」と著錄する。因みに、宋代の宮中藏書目錄『崇文總目』（宋、王堯臣等撰）の巻五にも同じく「王維文集十巻」と著錄する。遡って、『舊唐書經籍志』には載せず、『新唐書藝文志』には巻

四丁部集録の二、別集類に『王維集十巻』と著録する。

（5）宋代、出版文化の隆盛に伴って、官撰による國家の藏書・知見書目に對して、私家の藏書や知見による私家目録が現れ、その現存する雙璧といわれるのが、宋、晁公武『郡齋讀書志』と、宋、陳振孫『直齋書録解題』である。この二書は官撰目録が書名のみの簿録であるのに比して、解說考證を加えた、圖書源流を知るための貴重な參考資料である。晁公武は北宋、徽宗の初年頃から、南宋、孝宗の末年頃を生きた人で、南宋紹興年間の進士。四川（蜀）轉運使・井度（字は憲孟）の屬官となったのが縁で、後に井度の藏書を受け継ぎ、それをもとに圖書解題を作製したのが本書である。宋、淳祐年間、袁州（江西省宜春市）刋刻の宋版（台北故宮博物院所藏、これを袁本と呼ぶ）と、宋、淳祐年間、衢州（浙江省衢州市）で刋刻された衢本（宋版は無く、清嘉慶二十四年汪士鐘藝芸書舍刋本）がある。前者は、『四部叢刋』三編に影印された。現代の標點本では『郡齋讀書志考證』（孫猛編・上海古籍出版社・一九九〇）が便利である。それに據れば、（袁本巻第四上別集類上・衢本巻第一七別集類上）に

王維集十巻

右唐王維摩詰也。太原人。開元九年進士、終尙書右丞。維幼能屬文、工草隸、善畫、名盛。安祿山反、嘗陷賊中。賊大宴凝碧池、賦詩痛悼。詩聞行在、後得免死。代宗訪維文章於維弟縉、裒集十巻上之。……（袁本無下「維」字、「弟」訛作「第」）

と、著録する。

（6）宋代、私家目録のなかで、最も有用なもの。著者の陳振孫は號を直齋といった。晁公武よりやや降り、南宋の中後期に活躍した人。福建の莆田にあった時に鄭樵（『通志』の著者で、宋代の歴史文獻學者）などの藏書を得て、それをもとに、晁公武に倣って解題書目を作製したのが此の書である。著録は晁氏のものに比べて遙かに精審である。しかし、僅かに元抄本の殘本が中國國家圖書館に所藏される他は、宋以後、完帙の傳本はないが、明の『永樂大典』から復元した、清、乾隆年間の木活字版（武英殿聚珍版）によって見ることができる。現代の標點本では、徐小蠻・顧美華點校本（上海古籍出版社・一九八七）が便利である。それに據れば、

巻十六別集類上に
　王右丞集十巻
　唐尚書右丞河中王維摩詰撰、建昌本與蜀本次序皆不同、大抵蜀刻唐六十家集多異于他處本、而此集編次尤無倫。……
と、著錄する。

（7）清代中期、第一の版本校勘學者であった顧廣圻（字は千里・一七六六～一八三五）は、『直齋書錄解題』が言及する「建昌本」をこの静嘉堂本に同定し、「蜀本」を中國國家圖書館所藏の北宋末南宋初刊『王摩詰文集』十巻に同定する。顧廣圻は、清、道光六年（一八二六）から翌々年にかけてこの二つの宋版に相繼いで遭遇し、比較校勘を行っている。そして、静嘉堂本の巻首に手跋を記し（後述）、道光八年に、中國國家圖書館所藏本の巻末に長文の手跋を記した。その長文の跋文は、後に、顧氏の文集『思適齋集』巻十五（清、道光二十九年刋徐氏春暉堂叢書本）に收載され、民國二十四年（一九三五）王大隆編の『思適齋書跋』巻四にはあらためてこの二つの跋文が收錄された。なお、中國國家圖書館所藏本は、宋蜀刻本唐人集叢刋として、上海古籍出版社から影印されている。

顧廣圻の跋文に據れば、「摩詰集」と題するのが「蜀本」で、「右丞集」と題するのが「建昌本」である。「建昌本」は前半の六巻が詩で、後半の四巻が文であるのに對して、「蜀本」は編次にその秩序が無いので、陳振孫は「蜀本編次尤無倫」と言ったのである。「建昌本」は寶應二年の上進時の原型であろう、とする。

また、顧廣圻は、静嘉堂本の跋文に、これは麻沙（福建省建陽）宋刻であるといい、卽ち、「建昌本」を福建刋本と斷定したのである。建昌は、宋時の建昌軍を指し、今の江西省撫州市の南東・南城縣あたりに相當する。建陽にも近く、撫州・建陽という宋代における出版地の代表とされる地區に隣接しており、福建刋本と江西刋本は、その識別が大變困難であることが、地理的にも理解されるところである。一般に宋版の刻字の字樣は、四川（蜀本）が顏眞卿、福建（閩本）が柳公權、浙江（浙本）が歐陽詢の字體を眞似、江西はこの三つを兼ねて出版した、といわれる。本版などはこの點を如實に現した典型であるといえよう。

さて、陳振孫のいう『蜀刻唐六十家集』とは、四川の地で北宋から南宋にかけて出版された唐人の詩文集のシリーズを指し、陳氏の當時、六十人の別集が悉く揃っていたのであろうか。顧廣圻は、『王摩詰集』（中國國家圖書館所藏）以外に數種しか目睹していない旨をその跋文に記している。現在では、その蜀刻唐人詩文集シリーズの所在と研究が頗る進み、二十三種が現存し、北宋末刊十一行本、南宋中期刊十二行本、南宋中期刊大字十行本に別れることが分かり、前述の宋蜀刻本唐人集叢刊として影印されている。また、最近、日本で、新たに一種の北宋末刊十一行本『李元賓文集』が發見された。

（8）本版は、後述のように、清代初期、江蘇常熟の藏書家・錢曾（明、崇禎二〜清、康煕四十・一六二九〜一七〇一）のもとに歸し、その藏書題跋集『讀書敏求記』に著錄された。その際に、「此刻是麻沙宋本」と記し、後に顧廣圻も本書に添えた手跋で「此麻沙宋刻」と斷じたことにより、福建の麻沙鎭に於ける刊本とされて來た。中國では、麻沙本といえば校訂が杜撰な流布本という固定觀念があり、從って、本版は歷代、學者のそれほど重んじるところとはならなかった。ところが、一九九〇年十一月、傅熹年氏（中國建築設計研究院建築歷史研究所敎授・中國工程院院士・國家文物鑑定委員會常務委員・民國時代の藏書家傅增湘の孫）が靜嘉堂文庫を訪れ、本版を實查して江西刊本と斷じ、『參觀靜嘉堂文庫札記』（『書品』・中華書局・一九九一、1、2）に考證を發表した。傅氏は現代版本鑑定の第一人者で、早速、この說は定說となった。その論の概要をまとめれば以下の如くである。

先ず、本版の字樣風格を細審に調べると、決して麻沙本のそれではないと感じられる。そこで、刻字者の名前（刻工名）を手がかりにして刊刻地を檢討してみよう。本版は刻印された初刻の部分（原刻）と、後に摩滅した頁を彫り直した（補刻）部分とに分けられる。原刻の部分は版心が狹く、刻工名が版心に無いが、補刻部分の版心に見える刻工名ではっきりと讀み取れる者を擧げると、「江陵・余兆・余彥・吳正・成信・杜明・阮光・官先・劉光・黃石」などである。その內、「余彥」は、南宋紹興年間、贛州州學刊『文選』の刻工に現れること、江陵・杜明・劉光の三人は、南宋孝宗年間、江西刊『三朝名臣言行錄』の刻工に現れること、余彥・江陵は、北宋刊、巾箱本『孟東野詩集』の補刻部分にも現れ、この『孟東野詩集』も江西で補刻されていることが分かっていること、などから總合して、本版『王右丞文集』も江西刊本であることは疑いを入れない。ところで、この北宋版

『孟東野詩集』（北京大學圖書館所藏）は、本版『王右丞文集』と比べると、匡郭の寸法もほぼ同じく、版式もよく似、ともに十一行本である。原刻の摩滅の具合や補刻の状況も同じであると見てとれる。従って、恐らくは、この二つの版本は、ともに、北宋の末年に江西で開板され、継いで、南宋時代に補刻を加えて傳わったものであろう。とするならば、この靜嘉堂本『王右丞文集』は、王維集最古のテキストで、中國國家圖書館所藏の蜀刻宋本『王摩詰文集』よりも時代が早いものである。この二つの宋版王維集を比較することによって、王維集の原型にもっとも近づくことができるであろう。

これをもって見れば、從來の所説を變えて、本版の刊行年次・刊行地を、北宋末刊南宋遞修の江西刻本と定められるわけである。また、近年、この傅氏の説を踏まえて、内田誠一氏が「靜嘉堂本『王右丞文集』刊刻年代考」（『日本中國學會報』五十五集・二〇〇三）を著している。

（9）宋版の版刻の特徴として、版心に刻される大小字數・刻者姓名があり、その刻者姓名が、出版の時期や場所を物語ることがしばしばあることは、『圖説中國印刷史』（米山寅太郎著・汲古書院・平成十七年）に分かりやすく説かれている。本版の版心を調べると、傅氏が指摘される通り、原刻とおぼしき摩滅の多い丁は刻工名が無く、補刻を加えたとおぼしき印面がやや晴朗な丁にはそれがある。とはいえ、補刻時の字の様式は數種類見られることから、補刻は複數次に亙っていると察せられ、刻工名の採取もこうした背景に鑑みながら愼重に行わねばならない。

本版の刻工名は以下の通りである。

余彥（巻一・十二丁など）吳正（巻二・三丁など）劉光（巻三・二丁など）官先（巻三・四丁など）余兆（巻三・六丁など）杜明（巻四・四丁など）江陵（巻五・三丁など）成信（巻六・十四丁など）阮光（巻二・二丁など）が主な者で、他に、周・俊・洪・茂・婁・祥・發・通、という一文字の略稱も見える。

これらの刻工名が他の如何なる書に、同時に見えるかを、表にあらわした研究がある（『宋元版刻工名表』〈阿部隆一遺稿集〉第一巻・汲古書院・平成五年、また、『古籍宋元刊行姓名索引』〈王肇文・上海古籍出版社・一九九〇〉などを參照）。卽ち、刻工の活動から出版事情を検討する研究方法である。それに據れば、上記の刻工名は以下のような書に見られるという。
余彥—南宋前期・贛州州學刊『文選（六臣注）』（靜嘉堂文庫・宮内廳書陵部藏）
北宋末・江西刊『孟東野詩集』（北京大學圖書館藏）
吳正—南宋・婺州吳宅桂堂刊『三蘇文粹』（中國國家圖書館藏）
劉光—宋淳熙間・江西刊『五朝三朝名臣言行錄』（中國國家圖書館藏）
杜明—宋淳熙間・江西刊『五朝三朝名臣言行錄』（中國國家圖書館藏）
劉光—北宋末・江西刊『孟東野詩集』（北京大學圖書館藏）
宋淳熙間・江西刊『五朝三朝名臣言行錄』（中國國家圖書館藏）
以上、それぞれの刻工自身の出自が明確なわけではないが、贛州は江西省南部、婺州は浙江省の金華（江西省に近い）を指すことから、何れの書も江西省を中心とした開板事業であり、こうした刻工の活動から察して、『王右丞集』も同樣の地域・時代に亙った出版物であったことが、うかがい知れるのである。

（10）卷一、六のみ尾題をもって、次の卷に改丁するが、他の卷は尾題と首題の改丁が無い。こうした書式は卷子本に見られる形式であるが、宋版に於ては特異な例である。陸心源『儀顧堂題跋』卷十には宋本の版式であるとする。

（11）宋刊本に略字・俗字の使用が多いことは、前記『圖說中國印刷史』第三章第六節に詳しい。略字の使用は樣々な要因によるが、宋刊本の品位を下げるというものではない。また、以上述べる版式上の説明は、『靜嘉堂文庫宋元版圖錄』（汲古書院・平成四年）にもある。

（12）例えば、宋蜀刻『王摩詰文集』と比べると（校異參照）、卷六「偶然作六首」、「不曾向城市」と「五帝與三王」の間は連續するべきを改行、同じ箇所で、「干戈」を「于戈」に誤刻するなど、また、巻十「工部楊尚書夫人贈太原郡夫人京兆王氏墓誌（詩に誤刻）銘」（巻十の八丁表三行目）、「禫」の下「食必單笥衣……誰忍廻春」を缺佚し、「唐故京兆尹長山公韓府君墓誌銘」の「嗚呼謂天未喪斯文」から「白虎冠獬」までを缺くなど、脱誤も見られる。

（13）王維文集は、上記の如く、宋版に二種類、そして、元刊本が一種類、更に明の『類箋唐王右丞詩集』十巻（明の顧起經注）〈奇字齋本〉、『王右丞集箋注』二十八巻（清の趙殿成箋注）などが主なテキストとして用いられている。詳細な版本考は、萬曼『唐集敍錄』（中華書局・一九八〇）や前掲、陳鐵民『王維集校注』（中華書局・一九九七）に附載の「王維集版本考」を參照。また、岩波文庫『王維詩集』（一九七二）の解説（入谷仙介）にも平易に説明されている。劉辰翁は南宋末の人で、號を須溪といった。評や傍點を附して讀書の便に備える流布本を量産した福建省の書肆が、その名を冠して權威付けたもので、この『王右丞集』や唐の韋應物『韋蘇州集』、杜甫の『杜工部集』、宋の蘇軾『東坡先生詩』など著名な文集にその名を冠したものが多い。元刊本の劉辰翁評本『王右丞集』は、上海涵芬樓が所藏し『四部叢刊』に影印（中國國家圖書館現藏）した一本と、陸心源の皕宋樓舊藏（靜嘉堂文庫現藏）の一本があるのみである。中國國家圖書館現藏本は、涵芬樓時代の解説書『涵芬樓燼餘書錄』に、靜嘉堂文庫現藏本は、陸心源時代の解説書『儀顧堂題跋』巻十に詳しく解説されている。それに據れば、元刊劉辰翁評本は、この宋刊『王右丞文集』と詩の次序が全く同じ（宋刊本は前六巻が詩で、後四巻が文となっていて、元版はその詩のみを刻したのである）で、かつ、巻五「送梓州李使君」詩の一句「山中一半雨」が後の明代の版本や『全唐詩』などが「山中一夜雨」に作るのと異なり、宋刊『王右丞文集』と同じであること（宋蜀本も「半」に作る）、また、巻六「出塞作」に二十一字の脱漏がある（宋蜀本は脱せず、校異を參照）のも宋刊『王右丞文集』と同じであることから、宋刊『王右丞文集』に依據したものであるとされる。なお、これら靜嘉堂本の書誌解説や書影は、前掲『靜嘉堂文庫宋元版圖錄』（平成四年・汲古書院）に載せられている。

　ここで、「山中一半雨」について補足しておこう。この字句の異同は古く、錢謙益（一五八二〜一六六四）が『牧齋初學集』巻八十三「跋王右丞集」に「作〈山中一半雨〉尤佳。蓋送行之詩、言其風土、深山冥晦、晴雨相半、故曰〈一半雨〉」と指摘したことに始まり、族孫の藏書家錢曾が自藏の宋刋『王右丞集』に跋を記して、「此刻是宋麻沙本、集中〈送梓州李使君〉詩、亦如牧翁所跋、作〈山中一半雨、樹杪萬重泉〉。知此本之佳也。」（宋本二種・『初學集』共「萬」作「百」）と『讀書敏求記』に載せたことにより、今次影印の靜嘉堂藏宋刋『王右丞文集』を、學者は稱して、「山中一半雨本」と爲すこととなった。ただ、錢謙益の藏書目錄『絳雲樓書目』には、『王摩詰集』十卷と著錄し、錢謙益は蜀刻宋本によって「一半雨」を是としたようである。從って、正確には、この稱呼は錢曾によって確立したものと言えるだろう。

（14）第一册の表紙に續く副紙に墨書される。注（7）を參照。『思適齋書跋』卷四に收めるが、「不具出」を「不具錄」と誤って收載した。

「此麻沙宋刻〈王右丞詩文全集〉十卷。道光丙戌（六年・一八二六）歲、從藝芸主人（汪士鐘）借出影寫一部、［以下解說に引用］、遂題數語於帙端、餘文繁不具出。思適居士顧千里」

前述の如く、道光八年には宋蜀刻本を、やはり汪士鐘のもとに見聞し、跋を記している。顧廣圻（千里）は、當時の有名な學者の爲に校勘を行い、その方法は、黃丕烈刻『國語』、張敦仁刻『禮記』、胡克家刻『資治通鑑』など（校勘は全て顧千里による）に見られるように、宋刋本の舊態を傳えることを目的とし、明かな誤りが宋刋本にあっても、その字を變えることは無かった。こうした方法は「死校」と稱され、後世に益すること甚大な姿勢であった。

（15）本版の卷四以降に頻繁に見える校異。例えば卷四・六丁裏、「韋侍郎山居一首」に「故聞長樂鐘」「車馬何從容」の句あり、それぞれに「故一作胡」「車一作騎」と校異を附し、別本の異同を記している。また、一本作……という表現でもあらわれる。原刻・補刻、何れの箇所にも見えるので、本版に古くから備えられた注であったようである。注意すべきは、その「一」「一本」の字が殆ど宋蜀刻本と一致することである（後に附す蜀本との校異を參照）。それは、本版が蜀本を參校したかに見えるほどであるが、『直齋書錄解題』に言う建昌本と蜀本の二系統は、古くから存在したものであったことを裏付ける根據となるものである。

（16）宋版に於ける、宋朝天子の諱の字畫を缺くいわゆる闕畫については、注（9）に掲出の『圖說中國印刷史』七〇頁に詳しい。大體、前の天子から遡って始祖の諱にまで及ぶもので、各帝の諱字の表が『印刷史』に附される。

（17）『靜嘉堂文庫宋元版圖錄』によれば、本版の缺畫は「玄懸朗敬驚弘殷筐恆貞偵湞徵曙樹源」とある。「玄懸朗」は始祖、「敬驚」は祖父、「弘殷」は父、「筐」は太祖（在位九六〇～七六）、「恆」は眞宗（在位九九七～一〇二二）、「貞偵湞徵」は仁宗（在位一〇二二～六三）、「曙樹」は英宗（在位一〇六三～六七）、「源」は北宋最後の皇帝欽宗（在位一一二五～二七）のそれぞれの諱字で、南宋初代の皇帝・高宗の諱、「構」には及んでいない。

（18）神宗は在位一〇六七～八五、英宗の子。英宗は治平年間、神宗は熙寧・元豐年間の治世。この刊刻時代の考證は、傅熹年氏の考證と合致する。

（19）各冊に捺される印記は次の通りである。

冊一の副紙　（下から順に＝以下同樣）②「秋浦」①「憲奎」〈陰刻〉

目錄（首）　「判讀不能」印一顆　⑫「謙牧／堂藏／書記」〈陰刻〉⑪「季振宜／字詵兮／號滄葦」⑩「張鈞／私印」〈陰刻〉⑨「賞奇／閣閱」⑧「健庵」〈陰刻〉⑦「乾學／之印」〈陰刻〉⑥「閬源／眞賞」⑤「汪印／士鐘」〈陰刻〉⑥「平陽汪氏／藏書印」③「百宋一廛」

目錄第二丁　判讀不明印二顆

目錄末　⑭「李銘／私印」〈陰刻〉⑬「省／芸艸」⑮「有／竹居」

卷頭　⑨⑲「印文不明」⑱「季振宜／藏書」⑰「復翁」〈陰刻〉⑯「黃印／丕烈」〈陰刻〉②③

巻二（首）⑱①
巻三（首）⑳「振宜／之印」㉔「印文②と同じ」別印
巻四（首）⑳㉔
巻五（首）②
巻六（首）⑱
（末）②①㉕「兼牧／堂書／畫記」④㉑「歸安陸／樹聲藏／書之記」㉒「歸安陸／樹聲所／藏金石／書畫記」〈陰刻〉㉓「蕘圃／過眼」〈陰刻〉
巻七（首）②①⑫⑱⑥⑤④㉑
巻八（首）⑳②
巻九（首）⑱②
巻十（首）①㉔
（末）⑳⑩㉕⑮②㉖「蕘圃／卅季精／力所聚」㉗「士禮／居」〈陰刻〉

（20）記された自筆の識語は次の通りである。

＊第一冊首　顧廣圻（千里）の識語（清、道光六年〈一八二六〉）、注（14）参照。

＊第一冊末　巻六の末。黄丕烈（清、乾隆二十八～道光五・一七六三～一八二五）が巻六第二首の「出塞作」に於ける二十一字の脱字を補っている。注（13）参照。嘉慶六年（一八〇一）の識語。

「第六巻弟(ママ)二首、出塞作脱一行計二十一字、今据時刻補、『馬、秋日平原好射雕、護羌校尉朝乘障、破虜將軍夜渡』、此宋刻之誤、不可掩者。辛酉秋孟　蕘圃氏丕烈識」

ただし、「射」字は「寸」を「才」に書し、黄氏が朱で「寸」と自ら訂している。

＊巻四末　明の袁褧の識語。袁氏は明中期の人。兄弟ともに詩文書法に優れ、家塾、嘉趣堂では『文選』などの出版を行っている。また、袁氏は蜀刻宋版『王摩詰集』（中國國家圖書館藏）にも同じ識語を記している。

「吳郡袁褧曾觀」

＊巻十末　季振宜（明、崇禎三～？・一六三〇～？）の識語。清初の大藏書家。『季滄葦藏書目』がある。

「泰興季振宜滄葦氏珍藏」

＊第二册末　黃丕烈の跋文が二條。中國では、「黃跋本」と稱して、黃氏の跋文があれば書物の價値は倍增し、時に書物よりも跋文のみが重んじられる場合もある。殆どに珍書入手の經緯が語られている。後者は嘉慶十八年（一八一三）の跋。

「此宋刻『王右丞文集』十卷二册、頃、余友【陶蘊輝】、從都中寄來、而得之者也。先是、【蘊輝】在蘇時、余與商搉古書、謂『讀書敏求記』中物、須爲我購之。今茲八月中旬、有人自北來者、寄我三種書、此本而外、尚有元刻『許丁卯集』及宋刻小字本『說文』。來札云《『王右丞文集』即所謂〈山中一半雨〉本、『許丁卯集』即所謂較宋板、多詩、幾大半本。》可見留心蒐訪、竟熟讀也是翁書、以爲左券、而不負余託、惜以物主居奇、必與『說文』幷售、索直白金百二、而余又以『說文』已置一部、不復重出。作書復之、許以二十六金、得此兩書、札往返再三、竟能如願、不特幸余得書之福、亦重感余友購書之力也。此書作〈山中一半雨〉本、尚見【劉須溪】評點元刻、止詩六卷、見藏【周香嚴】家、【香嚴】又藏【何義門】校宋本、亦止詩無文、雖同出【傳是樓】、而敍次紊亂、字句不同、非一本矣。十月十三日、【毛二榕坪】過訪【士禮居】、余知其能識古書、出此相質。【榕坪】幷爲余言、向見【桐鄉金氏】本、板刻差大、詩中亦作〈山中一半雨〉、文則無有也、與此更非一本。益見此刻最善、而余所藏、抑何幸歟！客去、攜書插架、即跋數語于尾　【蕘圃黃丕烈】識」

「嘉慶癸酉中秋後八日、偶過【五柳居】、知新從無錫人買得元刻【劉須溪】評點『王右丞詩』、即借歸與宋刻對、其序次悉同、擬購之、未知許否也。廿四日、【復翁】記」

いずれも『蕘圃藏書題識』に收載する。文中、陶蘊輝は珠琳（蘊輝は字）、蘇州の人で、版本學者陶正祥の子。周香嚴は錫瓚（清、?～嘉慶二十四・?～一八一九）、享年八十餘歳であった。黃丕烈の最も親しい藏書仲間で、今、靜嘉堂文庫所藏の宋刊『吳書』（古典研究會叢書六に影印）が『吳志』專刻本であることを指摘した炯眼を持つ藏書家。何義門は何焯（清、順治十八～康熙六十一・一六六一～一七二二）、康熙帝の編修。藏書數萬卷で諸書を校訂し、その校訂の記錄は金科玉條として學者に尊ばれた。『義門讀書記』五十八卷がある。傳是樓は徐乾學（後述）。毛榕坪も蘇州の藏書家。士禮居は黃丕烈の書齋名。桐鄉金氏は金檀（桐鄉は浙江省）、藏書樓を文瑞樓といい、『文瑞樓書目』がある。その卷六に「『王維右丞文集』十四卷」と著錄する。五柳居は黃氏が懇意にしていた蘇州の古書肆。

(21) 明の人。字は士敬、號は震齋。山水・花竹を畫くのを得意とした。⑩「張鈞／私印」〈陰刻〉印を捺す。

(22) 明の人。明、建文二～?・一四〇〇～?　號は南齋、蘇州の人。山水畫を善くした。⑮「有竹居」印を捺す。

(23) 注（20）を參照。

(24) 清、滿州正白旗人。康熙時代に左都御史に至る。藏書家で、その藏書の大半は清宮の所藏となる。⑫「謙牧／堂藏／書記」〈陰刻〉㉕「兼牧／堂書／畫記」印を捺す。

(25) 注（8）（13）を參照。字は遵王。書齋名を述古堂といった。錢謙益の族孫になり、清初、錢謙益の絳雲樓が燒失した後、江南第一の藏書家となった。『述古堂藏書目』『述古堂宋板書目』（ともに『粤雅堂叢書』所收）『也是園藏書目』（『玉簡齋叢書』所收）がある。『虞山錢遵王藏書目錄彙編』（瞿鳳起編・古典文學出版社・一九五八）が便利である。中國の明淸間に於ける善本の移動は、明末の時代、毛晉（明、萬曆二十七～清、順治十六・一五九九～一六五九）の汲古閣と錢氏絳雲樓に集中し、錢氏の一部を錢曾が受け繼ぎ、錢曾の藏書の大半を季振宜が受け繼ぎ、毛晉の藏書は徐乾學が多く收め、季振宜はまた徐乾學のものをも收めた。こうした五人の大藏書家の宋版が、淸代中期に、黃丕烈という傑出した藏書家に再び集中することとなった。

因みに、汲古閣の藏書目『汲古閣珍藏祕本書目』（『士禮居叢書』所收）、『述古堂藏書目』、ともに、本版を寫し取った影鈔宋本を著錄する。述古堂鈔本は現在、中國國家圖書館の所藏。

一般に、善本の藏書印は紙葉の下から上に向かって捺されていくもので、本版もこれら藏書家の時代順に從って下から上に捺されていることがよく分かる。

(26) 江蘇昆山の人。號は健庵。明、崇禎四～淸、康熙三十三（一六三一～九四）。康熙九年の進士。官は刑部尙書に至る。室名を傳是樓といった。藏書は錢・毛二氏のものを多く繼ぎ、『傳是樓書目』（『二徐書目』所收）『傳是樓宋元本書目』（『傳硯齋叢書』所收）がある。ともに本版は著錄しないが、⑧「健庵」〈陰刻〉⑦「乾學／之印」〈陰刻〉印を捺す。

(27) 注（20）參照。江蘇泰興の人。順治四年の進士。藏書は多く錢曾のものを受け繼ぐ。『季滄葦藏書目』（『士禮居叢書』所收）は、「延令宋板書目」と「宋元雜板書」に分かれる。前者に本版を著錄し、後者に『王右丞集』十四卷を著錄する。本版に、⑪「季振宜／字詵兮／號滄葦」⑱「季振宜／藏書」⑳「振宜／之印」印を捺す。

(28) 注（7）（14）（20）參照。その文獻學に果たした貢獻は甚大である。『顧千里硏究』（李慶・上海古籍出版社・一九八九）に詳しい。黃丕烈のために『百宋一廛賦』を著した。版本學を基盤にした校勘學の大宗であるが、當時の大學者、段玉裁とは校勘學の方法をめぐって嚴しく對立したことは有名である。

(29) 注（8）（14）（20）（25）參照。蘇州の人。號は蕘圃、復翁など。書齋は士禮居・讀未見書齋・百宋一廛・陶陶室などと稱し、また、佞宋主人の異名を持ち、宋版をとりわけ好んで所藏は二百種にも達したといわれる。毎書に記した題跋は潘祖蔭編『士禮居藏書題跋記』六卷に始まり、繆荃孫編『同　續』一卷『同　再續』二卷、『蕘圃藏書題識』十卷補遺一卷、そして王大隆編『蕘圃藏書題識續錄』四卷、『同　再續錄』三卷と相繼いで編纂され、最近、これらを總合した『黄丕烈集』を沈燮元先生が編纂した。印記は多種に亙るが、本版には、③「百宋一廛」⑰「復翁」〈陰刻〉⑯「黄印／丕烈」〈陰刻〉㉓「蕘圃／過眼」〈陰刻〉㉖「蕘圃／卅季精／力所聚」㉗「士禮／居」〈陰刻〉印を捺す。

（30）蘇州の藏書家。字、閬源。官は戸部侍郎に至る。清代中後期の人。書齋を藝芸書舍といった。父は文琛。藏書は、黄丕烈・周錫瓚（香嚴）・袁廷檮・顧之逵という蘇州の當時四大藏書家のものを殆ど受け繼いだ。後、その藏書も散り、清末に楊氏海源閣・瞿氏鐵琴銅劍樓・郁松年宜稼堂などに歸した。『藝芸書舍宋元本書目』二卷（『滂喜齋叢書』所收）がある。印記も多種あるが、本版には、⑥「閬源／眞賞」⑤「汪印／士鐘」〈陰刻〉⑥「平陽汪氏／藏書印」を捺す。また、①「憲奎」〈陰刻〉②「秋浦」印は、同族の汪憲奎（字は秋浦）のもの。

　總じて、明代、清代の著名な藏書家の印記を調べるには、林申清編『明清藏書家印鑑』（上海書店・一九八九）・『中國藏書家印鑑』（上海書店・一九九七）・『明清著名藏書家藏書印』（北京圖書館出版社・二〇〇〇）・國立中央圖書館編『善本藏書印章選粹』（臺北中央圖書館・一九八九）などを參照し、藏書家の事跡を調べるには、葉昌熾『藏書紀事詩』（王欣夫補正本・上海古籍出版社・一九八九）・郭群一等編『歷代藏書家辭典』（陝西人民出版社・一九九一）などを參考にする。

（31）清末、咸豐同治光緒頃の上海の資產家。藏書家。號を泰峯、室名を宜稼堂といった。汪氏藝芸書舍の藏書を受け繼ぎ、數十萬卷を誇ったが、光緒中、藏書は陸心源皕宋樓・楊氏海源閣・瞿氏鐵琴銅劍樓・丁氏持靜齋・袁芳瑛臥雪廬・莫友芝影山草堂などに歸した。郁氏藏書の全貌は、傅增湘舊藏の『宜稼堂書目』（稿本）に明かで、本版『王右丞文集』もこの書目の第一四號に著錄することによって、陸氏が郁氏より購得したことが知られるのである。

(32)　浙江歸安（今、吳興）の人。咸豐九年の擧人。郁氏宜稼堂の宋元本を購得、更に故家の藏書を蒐集、宋版二百種を誇り、皕宋樓と名付け、明清の善本を十萬卷樓に貯え、更に校鈔本等を守先閣に置いた。北の楊氏海源閣、南の瞿氏鐵琴銅劍樓と竝び、丁氏八千卷樓とともに、清末の四大藏書家に數えられる。『皕宋樓藏書志』『儀顧堂題跋・續跋』がある。陸氏書の舶載等については、前掲『靜嘉堂文庫宋元版圖錄』（汲古書院・平成四年）の解說、「靜嘉堂文庫の沿革」「靜嘉堂文庫の宋元版について」を參照。㉑㉒印記に見える陸樹聲は、陸心源の第三子、清、光緒八年～民國、二十二年・一八八二～一九三三。

王右丞文集校異表

凡　例

一、本表は、宋版王右丞文集（靜嘉堂本）と宋版王摩詰文集（中國國家圖書館所藏・蜀本と略稱）との字句の異同を示したものである。後の明・清版とは相當の違いがある二種の宋版を比較することによって、王維集の原姿に遡ることができる。蜀本は、宋蜀刻本唐人集叢刋（上海古籍出版社）の一として、一九八一年に第一次の影印が行われた。

二、校異は靜嘉堂本の巻・丁の順次に従った。

巻／丁行	**靜嘉堂本**	**蜀本**
進集表	或流	或留
	寶應二年正月七日	無
	縉表上	王縉表上
答詔	盰朝	眎朝
巻一		
2a・6	妓女	妓女
2b・5	淩紈質	淩納質
3a・9	逾恭意逾下	愈恭意愈下
11	刎頭	刎頸
3b・2	撫翌	撫翼
5a・4	雲宜宜	雲冥冥
5	飜飛	飜飜
8	千里	二里
5b・1	坎坎	伏坎
6b・2	纔	才
	一作零落（頭字下）	一作零落（盡字下）
9	便衰朽	便裏朽
7a・1	遼落	淹落
9	玉塞中	王塞中
	纔	才
	莫數	不數
10	咆哮	咆勃
7a・1	瀚海波	逾海波
9	報魚舟	獻天子
11	魚舟	漁舟
	俠去津	夾去津
8a・1	始隈隩	始隈隩
11	當時	常時
8b・6	楊女	楊柳
9a・4	劇季倫	劇等倫
9b・5	光明宮	明光宮
7	有道者古	有道者占
10a・7	蘚老且厚	廯老且厚
10b・6	日日	月日
11a・4	定何似	定何以
11	文則有種	交則有擇

11b・4		我悲滅思	裁悲滅思
	11	哀從中	變從中
12a・1		頹曄	稍曄
		鳥翩翩兮	鳥翩翩言
	3	復驚叫	復號叫

卷二（蜀本卷四）

1a・5		恥卜年	恥十年
	11	上苑花	上菀花
1b・10		小苑東	小菀東
	11	金貂	余昭
		邀日落	邀落日
2b・9		臨上路	上坦路
3a・4		萬國	方國
	10	按節	安節
3b・1		無戰	無物
	4	親齊祭	親齋祭
	7	紀春秋	紹春秋
	11	仙妓	伸妓
4a・5		逢此日	逸此日
	6	和金鼎	如金鼎
	7	菊花節	剡花節
		栢梁篇	和梁篇
4b・3		連宵合	連霄合
5a・3		總是	纔是
	5	太官	太宮
		柘	蔗
	8	未勝	全勝
6a・3		臣聞宣至理者	蓋聞宣至理者
	4	典筞	典策
6b・2		綺幔障	綺慢張
7a・2		幔城中	慢城中
	3	羣仙坐	羣仙座
	4	明時	明持
	9	製虹電	製虹霓
	10	桃源	排源
7b・2		日色纔臨	日色絕臨
	8	聽四門	聽叩門
8a・1		往往閒清言	往往聞清言
	2	石上閒清猿	石上聞清猿
	4	杜苑	桂菀
	6	富春郭	當春郭
8b・5		豈知三五夕	置知三五夕
	10	倘覔忘懷	倘覺忘懷
9a・4		韋	章
9b・3		清書	清畫
10a・7		官出在輞川莊	官未出王輞川座
	8	今未喪	余未喪
		屛居	屑居
	9	東皐	東皇
		負擔	魚擔
	10	副瓜抓棗	副孤孤棗
	11	席藁	席豪
		折彼荷花	折枝作花
10b・2		荒材	荒村
		重欷	重歎
	3	過藍田	遇藍田
	5	獵火	獵犬
11a・3		梵詞	楚詞
	8	潮及	潮及一
	10	一觀如妄	一觀如幻
11b・9		夕奉天書	名奉天書
12a・2		茶椀	茶埦
	4	懶賦詩	嬾賦詩
		解人頤	解人歸
	6	莫容上	莫容十一
	7	駐爐	騎慮
		問車公	文車公
	8	老年	若思

11	君問	苦問
13a・1	方暫桂，晚沐	方暫掛，晚末
10	閉開	閉關

卷三（蜀本卷五）

0b・9	韋太守步	韋太守陟
1a・3	肅澄波	肅澄陂
4	後浦	後沔
1b・2	飛鳥	無鳥
9	日比星明	日比皇朝
10	猶能笑	皆知笑
2a・7	無高符	無高節
8	群物齊	群收齊
9	何像人	向豫人
9	有佳意	有俗意
2b・2	方一息	走方息
4	監田	藍田
5	籬中	離中
9	邑里多鷄鳴	星里夕鷄鳴
3a・6	雖有	誰有
7	余不淺	余不淺
11	玉柳前	五柳前
4a・5	時在常樂東閣	時在常樂東園
9	太虛緬	天虛緬
4b・1	二室下	一室下
	隱居	隱几
	野人也	野人野
	漁父魚	漁人漁
5a・8	儂家	農家
9	胡居士水	胡居士家
11	洒空	灑空
5b・9	季揖	李楫
6a・11	滿其枝	滿芳枝
6b・7	微□念	微塵念
11	子若	予若
7a・10	連天疑黛色	連天凝黛色
11	乾坤閉，造化	乾坤開，變化
7b・8	蔭松栢	蔭松折
9	林未曙	休未曙
	世事問樵客	世士文惟必
8a・1	燗芳	澗芳
7	演漾汎菱荇	漾漾汎菱荇
8	清川	清朋
9	兄	災
10	西林下	西林衣
11	嵳峩	峩嵳
	合沓	合省
8b・8	桂花落	佳花落
	驚山鳥	空山鳥

卷四（蜀本卷六）

1a・11	華子崗	華子岡（以下同）
1b・1	茱萸沜	木蘭花茱萸萸沜
11	草露稀	草露晞
2b・1	不知松林事	不知深林事
	馨覆跡	馨覆迹
2	木蘭柴	木蘭花
3	彩翠	彩峯
7	茱萸杯	芙蓉盃
11	灰逕	仄逕
	（墨訂）迎掃	但迎掃
3a・10	信風泊	信一泊
3b・1	吹簫淩極浦	哆肅淩極酒
	一迴看	一廻首
	山青	青山
4a・2	翔文螭	翊文螭
4	事朝汲	事朝及
6	浣沙	浣紗
4b・1	南上	南山

5	惟山鳥	唯山鳥
11	數枝樹	數株樹
5a・4	雲中身	雲中君
11	谷口	合口
	漁樵	魚樵
5b・2	投囗囗師	投道一師
6	枕蓆前	枕席前
8	尋幽	幽尋
6a・1	紅亦燃	紅欲燃
3	山中示第等	山中示弟
8	欲闇	欲暗
6b・1	花木開	花未開
4	繼跡	繼迹
5	故 一作胡	胡
	車 一作騎	騎
7	對落輝	對落暉
8	嫩竹	綠竹
	烟火起	煙火起
10	不猒 不一作豈	豈厭
7a・1	空牀	空林
	白雲期	白雲歸
2	酒盃	酒杯
6	廻望合	回望合

	青藹	青靄
8	走筆成	走筆立成
9	出入	厭見
	蹀蝶	官府
11	賜壁	賜璧
7b・2	急 一作起	急
	筞杖村西日斜	策杖林西日斜
8	宿雨	秋雨
8a・1	良苗	良田
2	牧豪稀 豪杭	牧豪狶
	本膏	
3	紅榴拆	紅榴折
6	幽隱	棲隱
7	鄰里	陽里
	從所務	徒所務
9	陰盡 一本作陰	陰盡
	書	
10	終不志	終不忘
8b・3	臨水映	臨水披
4	積雨輞川莊作	秋雨輞川莊作
5	烟火遲	煙火遲
6	夏木	夏日
9a・2	荷鋤立 立一本	荷鋤至

	至	
3	歌式微	吟式微
6	新鷰 新一本作	歸鷰
	歸	
6	識舊巢 舊一本	識舊巢
	作故	
8	淇上卽事田園	缺題
9	白日 一本作日	日隱
	隱	
10	田犬	獵犬
11	過盧員外	過盧四員外
9b・1	七聖，青眼	七賢，清眼
7	同心人	心同人
11	看他 他一本作	看君
	君	
	世上人	是甚人
10a・2	時聞	時間
3	老儒	巷儒
8	空中 一本作窻	窗中
11	悠悠 一本作然	悠然
	與前山	對前山
10b・5	第高飲	弟高飲
9	秋成	秋城

11a・	1	傳微逕	轉微逕
	4	先朝	先期
	6	一悟	已悟
	9	默語	嘿語
11b・	3	葦血	臂血
	8	朝　一本作明	明
		獨　一本作物	物
	10	果園	菓園
12a・	1	昇堂	外堂
	3	寧江	江寧
	4	坐上成	座上成
	5	詎有倪	記有倪
	6	渺渺	眇眇
	9	一牀上	一牀地
12b・	3	友第深	友弟深
	7	透迆	迆邐
		堞見	樹見
	9	裴秀才迪	裴迪
		見過	見遇
	10	促織鳴已急	足我□已急
	11	求羊蹤　求一本	牛羊蹤
		作牛	
13a・	4	一信	一倍

	8	迸水	陁水
	9	石床平	石林平
	10	過感化寺	過感配寺
13b・	9	竹亭幽	竹君幽
	10	清涼	清源
	11	斜日	麗日
13b・	1	磨鏡客	濟鏡客
		林裏　林一本作	樹裏
		樹	
14a・	11	高枕　枕一本作	高臥
		臥	
14b・	2	今作	新作
	4	柘漿	蔗漿
	10	畫樓	書樓
		金椀	金宛
	11	桂酌	桂醑
15a・	2	冠上方簪豸　簪	皃上方安采
		一本作安	
	4	花醴　醴一本作	花醥
		醥	
	6	北山	北川
		爲學	若學

卷五（蜀本卷九）

0b・	3	獨臥　臥一本作	獨樹
		樹	
		臨郊門　郊一本	臨關門
		作關	
	4	宛路　路一本作	宛洛
		洛	
	8	晁監	朝監
	9	何處去，五里	何處遠，萬里
	10	映天黑	映晚黑
1a・	1	徐	禰
	3	露板	露坂
	11	還來　來一本作	還勞
		勞	
1b・	2	賒征東	除征東
	5	嗟異同	詰異同
	6	南山翁	商山翁
	8	熊軾	熊首
	9	楓欑	楓藏
		百城	百成
2a・	4	朱文	未央
	5	宮南五丈源	南宮五丈原
	11	寥落	遼落

迢逓　迢遙
2b・2　吹五兩　吹一本　搖五兩
作搖
6　雜言　無雜言二字
7　麦漸漸　麥漸漸
8　車遲遲　車連連
9　素絲　絲一本作　素絲
繅
10　難持　難時
3a・3　鑾聲　鸞聲
魯侯旗　旗一本　魯侯旂
作旂
9　常侍幕　常侍幕中
10　孟常門　孟嘗門
11　旌節，從此　從此，旌解
3b・2　毋一本作累　送纂累祕書
4　萬里靜　萬里淨
5　淡爾　淡一本作　澹爾
澹
6　日如蓬　白如蓬
7　今亦　余亦
10　王屋　玉屋
留丹駃，駈雞　留丹訣，驅雞

4a・4　送六舅　奉送六舅
8　欲往　玉往
旌節　毛節
4b・2　秋日裏　(墨訂)裏
4　竹枝　竹杖
8　應得　應是
10　卑栖　早栖
11　回首　廻首
5a・9　薄稅　稅一本作　薄賦
賦
歡沾　歡霑
恩乃　恩及
5b・2　莫復聞　莫復問
6a・5　繼青風　繼清風
10　塞闊　闊一本作　塞迥
迥
山河淨　山河靜
6b・2　會稽邸　會稽郊
7a・5　送平淡然　送平澹然
6　赴邊愁　起邊愁
7　經年別　別一本　經年到
作到
7b・8　座上作　座上成

9　落拓　拓一本作　落魄
魄
向臨淄　向一本　過臨淄
作過
8a・5　渺漫　渺一本作　淼漫
淼
8　蒲桃　蒲陶
8b・2　君門遠　君一本　金門
作金
3　浮桂棹，木幾拂　浮桂棹，未幾佛
7　金盃　金杯
9　漢地　漢沚
11　窻閒耆一經　窻　中閒老一經
一本作中
9a・3　目暮　日暮
5　遙想　遙一本作　遙思
思
寥落　遼落
9　阿戍父　阿戎父
10　扙裏病　病一本　扶裏疾
作疾
9b・5　愁君　愁看
6　三相客　三湘客

7 弟屈平 弔屈平
8 送張五諲 送張諲
10 淒淒 萋萋
南陵鎮 南一本 蘭陵
作蘭
10a・2 郎國 鄖國
5 檣帶 牆帶
10b・1 當禦 當是
4 菊盈把 菊誰把
8 衣襟 一本作宸 宸襟
9 天工 人工
澹君臨 澹一本 瞻君臨
作瞻
10 素資 資一本作 素質
質
万領 一本作方 方領
領
11a・1 敝三川 一本作 蔽三川
蔽
3 功名 壯心
5 送刑桂州 送邢桂州
9 繁葭 葭一本作 繁茄
茄

10 莎居 居一本作 莎丘
丘
11 昆耶 昆邪
11b・4 方正受 方此受
5 不覺 不學
11 路遶 路繞
滄洲 滄州
12a・6 知禰 禰一本作 知爾
爾
10 夙昔 宿昔
11 瀑泉歇 瀑泉渴
少狎隱 小狎隱
12b・1 當過拂 當過歇
2 觀別者 觀音者
3 久行 不行
5 帳飲 障飲
6 車從 車徒
時時 時一本作 時見
見
余亦 余一本作 吾亦
吾
8 遠樹 遠木
13a・3 慇懃 殷勤

6 別時小 別時少
慇懃 殷勤
7 更孩幼 吏孩幼
10 分手 分首
13b・4 詔看 詔刊
6 輕薇人 薇一本 輕偶人
作偶
8 氷下流 水下流
10 新晴晩望 新晴野望
11 無紛垢 紛一本 五氛垢
作氛
14a・7 敷草 輭草
11 洒酒 灑酒
14b・4 鵰處 一本作失 鵰處
鴈
6 遊感化寺 遊化感寺
9 鴈王 鳳王
10 抖擻 斗擻
繞籬 遶籬
11 綠芋虆 紫芋虆
15a・2 王縉 無此二字
5 汎月邊 乏月邊
7 諸郭 諸一本作 朱郭

	朱	
15b・5	梨花　一本作花	花明
	名	
7	大理韋卿	大理寺韋卿
	四聲依次用	四聲次用
8	淡無事	澹無事
	解弁託朱輪	解駗軛朱輪
9	極野　極一本作	平野
	平	
	昭暄景　昭一本	照暄景
	作照	
	共曲阜　共曲一	竟北早
	本作竟北	
10	家臣　一本作佳	佳辰　一作家臣
	辰	
16a・1	郊居	外居
3	盃酒	杯酒
	歸轍	歸歟
5	豐酌　一本作晨	晨炊
	炊	
	雲至　雲一本作	後至
	後	
8	曠望　望一本作	曠然
	然	
	淡蕩　淡一本作	澹淡
	澹	
16b・3	春池　一本作秦	秦地
	地	
6	汎前陂	汎前
7	暢以	揚以
8	淡將夕　淡一本	澹將夕
	作澹	
17a・1	上席	席上
	無郍	無那
4	同道　同一本作	聞道
	聞	
5	翻以得　以得一	翻得似
	本作得似	
7	傳　一本作傳	傳
10	裴迪秀才	裴秀才迪
巻六（蜀本巻十）		
0b・4	行旅	逆旅
7	際曉　際一本作	除曉
	除	
	雞鳴　雞一本作	雞鳴　一本作禽
	禽	鳴
9	賴多	來諳
11	時駈	時驅
	闕此二十一字	馬秋曰平原好射
		鵰護羌校尉朝乘
		障破虜將軍夜渡
1a・4	隱暎	隱映
6	白日	白露
1b・6	中飯	中飲
8	沈舟	汎舟
9	秋田晩疇盛　田	秋野田疇盛
	晩一本作野田	
2a・1	寒食汜中作　中	寒食汜上作
	一本作上	
5	童僕	僮僕
7	充茅屋　充一本	逵茅屋
	作逵	
	杼鳴　一本作囗	杼悲
9	徇微祿	食微祿
2b・11	絺紘	絺綌
3a・3	清涼樂	清涼藥
11	滄海隅	倉海隅
3b・3	公卿座	公卿坐

8 獻至尊　獻一本作薦　薦至尊
4a・2 未嘗肯　未能皆
7 天子　天一本作君　君子
于戈　干戈
8 放懷去　放一本作忘　忘懷
11 儲蓄　儲畜
4b・5 竊自思　切自思
7 嗟無負　嗟無有
11 高聞　高門
5a・1 腰下　腰閒
3 惟有　唯有
4 習離　一本作皆是　皆是
7 溪越女　越溪女
暮作　暮一本作瞑　瞑作
9 嬌態　態一本作恣　嬌恣
5b・2 長駈塞門兒　門一本作上　長驅塞上兒

7 燕子龕禪師　燕子龕禪師詠
6a・2 多淹泊　苦淹泊
5 歸舊林　崵舊林
7 能忘　能一本作難　難忘
11 郍堪　那堪
6b・3 晩春閑思　晩春閨思
鑪氣　爐氣
8 狂夫　征夫
7a・1 郄公　郄一本作郤　郤公
5 暎頽顔　映頽顔
8 山果落　山菓落
9 惟有　唯有
7b・2 且共　且以
作人　作一本作昨　昨人
3 我心　成心
肯作　有作
男皃　男兒
5 清佩　清珮
6 復空情　空復情
8 蹔斷　暫斷

9 排花　攀花
故思鄉　思故鄉
10 聽百舌鳥　聽百舌
8a・4 彩盡來　采畫來
5 賦得清如玉壺氷　清如玉壺氷
6 藏氷　藏水
氷氷　水氷
銷丹日　消丹日
照綺疎　疎一本作疏　照綺疏
7 含淨　會淨
8b・11 槐霧鬱不開　槐霧語不開
9a・3 城鵶　鵶一本作烏　城烏
4 金門侍　侍一本作待　金門侍
9 百官　一本作百寮　百寮
10 管弦　管絃
10a・9 驕軒冕　一本作軒冕貴　軒冕貴
10b・4 玉腕　腕一本作椀　玉椀

		映竹	映燭
	6	雙鷰	雙燕
11a・	2	野樹林	野木林
	3	疋夫節	匹夫節
	9	從茲罷角抵，希	從茲能角牴，且
		復	復
11b・	1	何惜	可惜
	4	山茱萸	山茱萸詠
12b・	1	俗柸	俗杯
	4	過沈居士山居哭	過沈居哭沈居士
		沈居士	
	6	滿埃塵	滿塵埃
13a・	1	詞入	辭入
	4	鸞翮	鸞鳳
	5	與龍泉　與一本	至龍泉
		作至	
	10	哭復前　哭一本	泥復前
		作□	
	11	篔蓆	篔席
13b・	1	不蹔捐	不暫捐
	1	郍堪	那堪
	7	俛天地閒	俛仰天地閒
	10	何處銷	何處消
	11	過秦始皇墓	過始皇墓
14a・	6	就第	就地
		留使當辟穀	留侯嘗辟穀
	7	昇前殿	外前殿
	9	鸞渚客	鸞䃴客
	11	斷車騎	誰言斷車騎
14b・	4	鵰城	雕城
	5	芻靈善　善一本	芻靈苦
		作苦	
	10	衰木	衰水
		蕭鼓	簫鼓
15a・	2	翟𦽆　𦽆一本作	翟茀
		茀	
	4	夫人	天人
	5	疊鼓	累鼓
		寒日映	寒日暎
	6	達奚侍郎夫人冠	蜀本無以下七首
		氏二首　一本上	
		無此下七首	

卷七（蜀本卷三）

2a・	6	非之品	非上品
	10	朱鷺	朱露
2b・	5	聖祖	聖宮聖祖
	7	成後	戌後
		陳希玉	陳希王
	8	非當	非常
3b・	6	因祚	國祚
	8	直省	一直省
4a・	2	一大石龕	一石龕
4b・	4	三里二霧	三里之霧
5a・	3	公注	公正
		十一事	士事
	4	臣宰侍	臣幸居
	5	汗馬	用兵
		堯屋	堯俗
	7	分膏	分毫
	9	思過	恩過
5b・	5	免臣	必免臣
	8	刑賞爲急	刑當爲急
6a・	1	萌心	助心
	2	心招	必招
	3	銀臺門	鉗臺門
	9	超則哲	超明哲
	11	聞相如	問相如
6b・	2	賦詩	則詩

7a・3	姸蚩	妖蚩
7	砥筆	舐筆
	頻蒙	類蒙
7b・5	詎中雀目	詎中中雀
11	無如	無侯如
8a・3	今月日	今月某日
	聖扎	聖禮
4	令興，所以興行	令典，所以典行
5	須逆	頃羯
11	羲之枉	羲之狂
8b・4	和上	和尙
9a・1	疑冰	疑水
2	溺泥之象	溺涅之象
11	迅流	退流
9b・7	叉頭	刺頭
10a・1	仍閑	仍聞
8	聖札	聖禮
11a・3	過凝	道凝
5	書衣	畫衣
11b・3	責躬薦弟一	責躬薦弟表
5	頃又	須有
6	被囚	彼囚
7	省閤	省閤

8	百生萬昔	百生萬足昔
10	臣又聞	臣聞
12a・2	太原	本原
4	甚多	其多
8	不忤物，行不上	不仵屋，無不上
	人	人
10	弟之五長	羞之五長
12b・10	崇樹	崇聞
13a・1	大照	六照
5	大聖	元聖
7	天地	大地
14a・10	逐寡四山	逐竄四凶
14b・5	利上貞	利貞
6	猶	上猶
8	含藏	合藏
9	從无氣	從元氣
15a・6	下減	不減
15b・4	大戎	犬戎
9	烏惟	曷惟
10	皆歸	皆墮
16a・3	昆平	均平
5	不材之木	不材之衣

卷八（蜀本卷二）

0b・6	車騎	軍騎
8	古人	士人
9	不寐	不寐
1a・4	捍衛	得衛
6	繕治兵甲	繕完棄甲
11	自剄於	自經於
1b・3	脩然	脩然
9	奉謝	秦謝
2b・4	霖	霡霂
5	驅馳	馳驅
7	丈屬聖主	又屬聖主
3a・1	樵蘇	無此二字
3	跼步	踞步
6	相憘	相愛
10	返屈	返出
3b・1	深耳	染耳
9	常一見	當一見
4a・3	何往而	何任而
7	博施	賑施
	苟活	自活
11	左右丞相	丞相
5a・1	酒食讌樂	酒合讌樂

2	羽𢡃	羽鍾
3	驪山啓	遠啓
4	出其楝	出其博
5	檻側陋	檻側趣
6	冄木	丹木
	花逕	花遙
7	超忽	漣漪
	延佇	延佇
5b・8	至今者	至人者
10	未常物	未嘗物
	無垠	無眼
6a・5	所雨	所而
7	優廝	優鉢
11	舜覲	舜見
6b・1	乃貢	然貢
3	戴勝	計勝
4	非徵貢	非微貢
5	蒲陶	滿陶
7	得不稽顙	不稽顙
9	于行人	于人
7a・1	敷文教	數文教
7	報恩□終去□是	報恩而終去於是
9	絕域	絡域
10	夐然	復然
11	萬里	方里
7b・1	鬱島山	鬱島
4	恢我王度	布我王度
	猶在	猶存
8	撫荒外	撫流外
9	臼波	白波
10	紫琥之深	紫琥之琛
	養馮	養馬
	推結	椎結
8a・5	裂背	裂背
6	月窟	日窟
7	蹴崑崙	疏崑崙
8	開府之日	開府之月
10	起予	起子
8b・1	聖哲，談天口	謀議，折天口
11	東第	東弟
9a・3	犬戎	天戎
8	家世龍	家世龍門
10	樓蘭之腹	樓闌之腹
11	雜種差	遺種羌
9b・1	以西極	而西樂
6	杜侯	杜改
10a・3	大義	七義
4	予昔	子告
10b・6	曲江左輔	四江左轉
12a・2	克奉成憲	克衣成憲
3	海潮噴于	曲潮唾于
11	風土	風吐
	伏臘	伏朋
12b・1	扣門	和門
5	表行者祥	會行者祥
7	開地	開逕
9	存身於正室	忘身於王室
	之天姿	人天姿
13a・8	大照	天照
9	其三身	具三身
11	王毫	玉毫
13b・2	以般若力	於般若力
5	願賞延	賴賞延
7	菩薩	菩提
9	舍□□寶	舍諸珍寶
10	彼戒香	彼成香
	大神通	六神通
14a・9	洗滌	洗垢
11	淫士	淨士

14b・3	哩印	理印
5	天女	夫人女
6	何望	何至
	纕経	繞経
7	極恩	極思
8	纓終	纓絡
	無上尊	無上樂
10	寶樹	寶褔
15a・1	願立功德	願玄功德
6	不思議	不思義
15b・2	躰無相	躰眞相
3	隨念卽藏	隨念卽誰
	無緣	無繡
	而木	而來
4	崇通等	崇敬寺
	無段無登	無疑道登
5	淨菜	淨業
6	世興	世典
	上官	百官
8	喪我	爽我
11	豫于淨心	像于淨心
16a・2	無上法輪	無土法輪
16b・6	大自之明	大白之明

8	既聞	德聞
9	食淡，掃苦枕苫	食啖，寢苦杭塊
10	鳳泪起	風泪起
11	感其哭	感哭
17a・1	味若	味苦
2	菓有	果有
3	碩大殊尤	碩大殊亢
7	先兆	先非
8	芝草	紫芝
10	故得（太上御名）祥	故得嘉瑞
17b・1	依史策	光史策
4	經目盡理	經自盡理
9	阿彌陁	阿彌陀
	無變	爲變
18a・1	有相	有祖
	賓昭敬	賓紹敬
2	所畫也	所書也
5	迦陵欲語	迦陵欲
	未落	末落
7	偈曰	得曰
9	畢竟	畢意
18b・2	無花	無兆

8	惟賢是思	惟賢意思
	罷刋書	罷利書
19a・3	奚來	空來
11	以請國人	以靖國人
19b・1	神勞則天	神勞則天
3	子瞑又含	子瞑受含
	求仁	求何
7	以歌	以歆
20a・4	持草誠	待草誠
8	無咎	無言
9	爲王常侍	爲王侍郎
10	遺揔管	遺總管
20b・1	此淑德	比叔德
3	夫人	大人
4	高枕	高柳
5	改辮	散辮
7	萬面	刃面
8	馬無此首	馬無北首
21a・4	罔不畢揔	罔不畢勸
6	手不捨銃	手不捨銳
	竝東第	盧東方
	爲寮	爲僚
	五世	五官

	7	軍旅	軍制
	10	我武公	我武侯
21b・2		丁丑	丁田
	3	攝御史	攝御叟
	4	命我	命之
	7	誓死	葬死
	8	戈舂	戈春
		矢志其目	矢誌其目
22a・7		司武庫	同武庫
	10	疎木	疎靈
		家無餘財	冢無餘財
	11	其營護	其幾護
22b・7		扞城	扶城
		平分是貴	平分是責
	9	幻境	約境

卷九（蜀本卷七）

0a・6		齊人	齊之
	10	而已諸裴	而邑諸裴
0b・8		擧十大夫	擧士大夫
	10	未仕	未壯
	11	子淡應詔	子琰應詔
1a・6		兵奇二郎	兵部二郎
	8	天旨	大旨
	11	然侈	然後
1b・1		蕩相之人	蕩神之人
	2	穿窬之盜	穿踰之盜
	3	君無何	居無何
	4	土帛	玉帛
	10	十卒	士卒
	11	草恭	草莽
2a・5		非土所生	非士所生
	6	餼牢	餼牽
2b・7		赤岸	亦岸
3a・4		鬱爲桑田	不之爲桑田
	7	淚而濟袂，澤陰	淚雨濟澤，袂陰
	11	淮陽	濉陽
4b・7		積時	精時
	9	軟弱	輭弱
5a・2		傲容	撥容
		百司之務，揔以	百司之夥，惣以
5b・2		撫茲方夏	撫茲凡
	4	圬不	埒不
	10	他山	池山
6a・8		王墀	玉墀
6b・7		著聲	着聲
7a・9		不入	不及
	10	若記能事	若記能士
7b・1		賞於上	賞於下
		頌於下	頌於上
	4	屬詞媿文	屬詞愧文
8a・3		冀田懷	冀田壤
	8	郡縣人也	某郡縣人也
8b・1		割分	剖分
	2	光敎小吏	先敎小吏
9a・3		袪服	袪眼
	4	開其婚嫁	制其婚嫁
		治容絕	冶容絕
	6	鯷海樓舡，連	鰟海樓船，運
	7	不敢淫	不敢滛
	9	十聯	十聰
	11	無事	無士
9b・7		一里置社	一直里社
	8	開閱	開閲
	9	不德長安癡吏	不待長安瘂吏
10a・4		深揔之躰	深揔大躰
	5	草竊	草切
	8	當開	當闕
10b・4		憚十侃	憚十督

		古紫衣	紫衣
	9	汝之履	乳之履
	11	惟長折獄	惟良折獄
		議事	議士
		至仁之	丕仁之
11a・	1	奏課計功	奏理計功
	3	貫其	貫其
11b・	1	此文	比文
	7	遮?道	遮道
	9	取性	取姓
12a・	2	仍建豐碑	乃建豐碑
	6	九分	九州
		寔惟	寔爲
	11	四國之餘	四國之翰
		博塞以遊	博寒以遊
12b・	2	乘耒	秉耒
	4	此時雨	比時雨
	5	展敬桑梓	致敬桑梓
13a・	2	氏則住	氏則任
13b・	8	六含	六合
14a・	2	安英實選	實英實選
	6	軍事	軍士
	7	敬其事	敬其士

	9	天爵	大爵
14b・	10	利石旌德	刋石旌德
	11	薛侯之裔	薛侯之裔
15a・	7	坑七	亢士
15b・	11	於力外	於方外
16a・	5	俄入親	俄又親
	10	逆	逆（俗字他皆同）
16b・	4	陷穽	窞穽
		即挂	即佳
	9	以猜見囚	以清見囚
	10	赤棒守	赤棒辱
		戟枝	戟被
17a・	2	泣數行下	汔數行下
	4	愄不見	恨不見
	6	葬於某原	葬於某源
	10	聳蓋	聳蓋
17b・	1	晩年	曠年
		能言老	能言者
	2	銘云	銘亡

巻十（蜀本巻八）

0b・	6	大唐大安國寺	天唐大安國寺
	7	萬勝	百勝

		大塊	大瑰
1a・	2	弟也	弟
	5	太師	大師
	7	裂常	裂裳
		餬口	飲口
	8	受其	受具
		舐足	故足
1b・	4	北丘	比丘
	10	由米	蟲米
2a・	7	喩七十	踰七十
	8	尼	尼
	9	或名詎	或名亞
	10	或册毗邪居七	或是毗邪居士
2b・	1	渓碑	溪碑
		羊崚	羊祜
	4	同日論	同目論
		各歸	姊歸
	10	無[說無意非]異	無說非異非同
		非同	
3a・	3	鼓枻海師	詖袣海師
	10	大師	太師
3b・	3	猷懷渴鹿	猶懷渴鹿
	5	法王	法正

7	予且死	予已死
4a・1	化身	比身
	凡夫	凡大
3	大興法雨	大與法雨
	客塵	密塵
7	商人	(墨丁)
8	無凝	無疑
9	未繫空花之狂	妄繫空花之往
	思日	惠日
4b・1	途身	塗身
2	志身	忘身
8	百袖	百納
5a・2	山崩	山明
4	擇吉祥之地	釋吉祥之地
	青鳥	情鳥
6	曾無戲論	者無戲論
7	雄秪	雄独
8	風變	目變
9	?桑門	效桑門
5b・4	生时，苟離身	生肘，苟利身心，
	心，孰?休咎	孰爲休咎
8	其二	其三
6a・2	有時有流，若	有特有雄者
5	不偶	不俾
	頗苦	領苦
7	入般舟道場	入般般道場
8	寶鑑禪師	寶鹽祖師
6b・6	欲以豪末	欲以豪未
11	分虎臨人	分(墨丁)人(墨丁)
7a・1	老熊	老能
	高祖	高沮
3	閔禮	閱禮
9	雌甘	唯甘
	同德	問德
	和尚	和上
10	法印	法卽
	牛重紺幰	牛車紺櫶
11	無復餘乘	無復飾乘
	寶經	寶紅
	不義	了義
7b・1	設齒	沒齒
2	私第	私弟
4	非止	非上
11	宜家	寫家
	特能	恃能
8a・1	其華	鉛華
	具美	皃美
2	西征	西京
	其一	其二
3	禪	禪　其三
	禪以下食必單笥至誰忍廻看其五脫	蜀本有
	唐故京兆尹長山公韓府君墓誌銘一首前半脫	蜀本有
	象兮奮以下有	蜀本有
6	君兮	若兮
9	夕留	人留
11	太常	大常
8b・1	桓裏之際	桓裏之祭
8	翰濯	瀚濯
10	夫人	天人
9a・5	不可紙	不可泯
	彰示後人乃刊	彰示爲刊
	邑於盧	色於盧
10	母儀	珠儀
9b・7	儲闈	儲闈

	典日方兵	典司方岳
10a・1	八邊	入籩
3	嗚佩	嗚珮
10	洪瀆原之	淇瀆原之
11	朱始有生	未始有生
10b・1	煢煢在疚	勞勞在疚
2	寒淵	塞淵
5	製三□	（墨丁）
11a・5	皇薛王府	皇薛玉府
11b・2	萬紀	兮紀
3	萬物方春而	萬物去春（墨丁）
	茫昧何之	溘時何之，山川陵陵
	（墨丁）	門纔闢～寓目助選　此文與汧陽郡太守王公夫人安喜縣君成氏墓誌銘之（10a1～4）同文
12a・1	接千歲之統	按千歲之紞
6	合附陪於	合祔棺
8	郡司	郡司戶
	次方銜	以方銜

	枕塊	枕野
9	輿櫬	輿櫬
10	言於	官於
11	不亦	不永
	式題	或題
	宅不改卜素	長不改上素
12b・1	銘曰	銘曰闕

古典研究會叢書　漢籍之部　第三十二卷

王右丞文集

平成十七年九月十六日　發行

原本所藏　(財)静嘉堂文庫
解　　題　米山寅太郎
　　　　　高橋　智
出　　版　古典研究會
發 行 者　石坂叡志
整版/印刷　中台整版/日本フィニッシュ
　　　　　モリモト印刷株式會社

發　行　汲古書院
〒102-0072　東京都千代田區飯田橋二―五―四
電　話　〇三(三二六五)九七六四
ＦＡＸ　〇三(三二二二)一八四五

第三期三回配本

ISBN4-7629-1190-9　C3398

古典研究會叢書　漢籍之部

第一期

1〜3	毛詩鄭箋（靜嘉堂文庫所藏）	各13252円
4 5	論語集解（東洋文庫・醍醐寺所藏）	未刊
6	吳　書（靜嘉堂文庫所藏）	15750円
7 8	五行大義（穗久邇文庫所藏）	各14700円
9〜15	群書治要（宮內廳書陵部所藏）	各13650円
16	東坡集（內閣文庫所藏）	12600円

第二期

17〜28	國寶史記（國立歷史民俗博物館所藏）	各16800円
29〜31	國寶後漢書（國立歷史民俗博物館所藏）	各16800円

第三期

32	王右丞文集（靜嘉堂文庫所藏）	13650円
33〜35	分類補註李太白詩（尊經閣文庫所藏）	各13650円
36 37	李太白文集（靜嘉堂文庫所藏）	未刊
38	昌黎先生集（靜嘉堂文庫所藏）	未刊
39	韓集擧正（大倉文化財團所藏）	13650円
40〜42	白氏六帖事類集（靜嘉堂文庫所藏）	未刊